三民叢刊118

說涼

水晶 著

三民書局 印行

序

水晶

《說涼》是我四年來的第五本書。

其它四本是《桂冠與荷葉》、《對不起，借過一下！》、《掌聲響起》以及《水晶之歌》。

多多寫作、多多出書，是我四年前回國時許下的一個心願，現在願望達成了，但是快樂的成分並不大。

原因是文藝逐漸從小眾淪為寡眾，甚至「獨」眾。

在一個缺少觀眾的時代，一個作家還能持之以恆地寫下去，是一件十分困難的事。

我有一位文藝高足，是我在此間某大學研究所的高才生。他獲得去年某報短篇小說首獎，這真是一項難得的殊榮。他的「玉照」被刊登在報上。他告訴我，那天他去補習班上課，深怕同事看到這個消息，向他道賀、取笑，或者嚷著要他請客。

深具諷刺性的一點是：他懷著一顆忐忑不安的心忙來忙去，竟然白操了心，沒有一人看到這則消息，更沒有人向他道賀，而補習班所訂的兩份報紙，有一份正是他獲獎的報紙！而他的同事又都是知識分子！

這位高足比我年輕時要強多了，至少，他有勇氣將這件尷尬難堪的事笑容可掬地說了出來。

其實，這件事對他是有負面影響的。文藝的影響力這樣薄弱，今後他到底是「幹還是不幹」(To be or Not to be)？

寫書，也不是完全沒有觀眾(讀者)，寫一些淺近的佛理詮釋、趕時髦的女性平等、鎖定中學生為固定對象的書；性愛調查報告，甚至大聲吶喊：共「匪」今年即將武力犯臺，都可以找回讀者。唯一沒有銷路、為出版商視為票房毒藥的，是所謂不顧讀者趣味、或者純文藝的書！

這是個民主的時代，從書籍銷售的走勢，看得出讀者群在鄙視——或者說，拒讀與他們趣味相悖的書！

一位專寫暢銷書的馳名女作家親口告訴我：書是打不出來的。

我相信她的話。

某種書既然這樣不受讀者歡迎，為甚麼我還要孜孜矻矻的寫，寫完了，為甚麼又兢兢業業地去找人出版？

這一個矛盾的《蛇結》（*Viper's Knot*）（一本著名的法國小說）我也難以解開。也罷，一懶百懶，權且把它拋給讀者吧？

書成後，讓我深度鞠躬謝謝替我出書的三民書局，以及主持人敝小同鄉劉振強先生。

（八五年中秋）

說涼 目次

輯二　影評・書評

輯一

散文・雜文

慰我寂寥，唯有金絲鳥

初旅美國的前五年，亦即自一九六八年至一九七三年，在一家名為W.T.Grant 的連鎖百貨店，可以買到價格低廉的金絲雀，有時逢到W.T.Grant 大減價，一隻唱將級的雄性金絲雀只需付出美金十元，即可買到。

曾幾何時，W.T.Grant 這家連鎖店因故倒閉，可是在倒閉前，金絲雀早就因為是某種呼吸器官疾病的帶原者，被海關列為「拒絕往來戶」，不准自西德進口，從此金絲雀在美國頓成奇貨，在寵物店內，一隻美洲產品的金絲雀往往以高價標售，價碼在七、八十元之譜，善鳴者、毛色佳者尤其昂貴，有時高達一百二、三十元，阮囊羞澀的我，只好望望然去之。

可是在臺灣，金絲雀的價格賤甚。我在建國南路的假日花市，即曾看到整車的寵鳥行動商店，停在花市口的路旁，一問之下，一隻金絲雀只索價四百元，連籠子還不到六百元。這樣的便宜貨哪兒去揀？我毫不猶疑便掏出皮夾來買了一籠，興沖沖提回臺北居停。

說來好笑，金絲雀是兒童的寵鳥，為成人所不取。真正的華夏愛鳥俱樂部的成員，養的是八哥畫眉銀眼圈，甚至善作人語的鸚鵡，那些鳥多半可以帶出去散步。美國人戲稱中國人不愛溜狗，卻愛溜鳥。著名的大陸話劇「茶館」，一開幕就有北京旗人提著鳥籠上茶館的場面。余生也晚，來不及沾染上這樣的習性，只沾上一點點邊，原因是小時候大人寵我萬分，常買金絲雀給我消閒逗趣，因此學會了飼養金絲雀，而且一有空便想買來養，樂此不疲。

金絲雀鳴聲婉轉，因為體積小，歌聲只能做到婉孌之姿，但遇到中氣足的鳥兒，也照樣能達到「大珠小珠落玉盤」的境地。美中不足的是：此鳥只擅長一種唱腔，就像有一類歌手，唱來唱去，只是一種韻味，缺少變化——其實世間許多藝術家，翻來覆去還不是在複製同一套式？金絲雀的套式，不過特別狹窄而已。我喜歡聽金絲雀的歌聲，就像欣賞四十多年前的金嗓子周璇，有人說，周璇根本沒有嗓子，她的嗓子，細得像針一樣。我想當時有人封贈她以「金嗓子」的稱號，可能心中想到了金絲雀；周璇的歌聲，亦與金絲雀相類。從前的人說話寫字真有幾分道理，這金嗓子的雅號，絕非一般人想像中的鋼喉鐵嗓，若據此陳義來衡量周璇的歌，那真是一種溢美之詞了。然而，金絲雀的鳴囀，又有何鳥足以取代？我聽過許多模倣周璇的歌者，不是失之過寬、過響，便是過柔，甚至過嗲，令人如坐針氈。周璇不似白光，不易模倣，更難超越；歌手中有走周璇路線者，常常取名為「小周璇」，可從來沒有聽說過，有人叫「賽周璇」者，這也間接證明了，周璇的易學難精。的確，她的音色，別人難有；她的唱腔，別人縱然學會了，聽聽還是差一截。

金絲雀是一種非常馴善的鳥兒，給牠飼料牠便吃，給牠新鮮的水牠便洗澡，開了籠門牠也不想逃跑。吃飽了牠便引頸高吭，簡直像一隻自鳴鐘內的布穀鳥，連人在心境煩悶時牠也在那兒大鳴大放。也許正因為如此，掛在小樓內，牠送走我許多無籟的清晨黃昏，因為我在臺北是獨居的旅人。為了酬謝牠，我寫下這篇「文評」，並且為了押韻，將小文取名為「慰我寂寥，唯有金絲鳥。」

掉書袋

美國名女主播芭芭拉・華特絲（Barbara Walters）在十年前接受美國（A・B・C・）廣播公司重金禮聘，成為全美歷史上第一位女性電視新聞主播，消息傳出後，一度引起軒然大波，鬧得另一男性主播哈利・理遜納（Harry Reasoner）（當時的電視新聞，流行一生一旦「雙響炮」模式）掛冠而去。開播的首日，這位電視界的女名嘴，越洋用同步錄影式，訪問了當時也是新聞焦點人物的埃及故總統沙達特（Sadat）。沙達特因為是達致以色列、埃及和談成功的關鍵人物，備受美人歡迎。沙達特總統當然向華特絲小姐面致賀忱，他劈頭的第一句話是：

「妳對於此一百萬元年薪的工作，有何感想？」

「總統先生，」華特絲答曰：「我想一個人不是為了金錢而工作；一個人是為了愛心去工作的。」（No,Mr. President, I don't think one works for money; one works for love.）華特絲小姐的答覆當然非常冠冕，但也略顯牽強，欠缺說服力，因為她畢竟不是印度得諾貝爾和平獎金的德蕾莎嬤嬤（Mother Teresa）。

此事一擱十年，最近在大學裡導讀亨利・詹姆斯（Henry James）的《奉使記》（*The Ambassadors*）。此書是詹姆斯晚期大作品之一，文字精美婉若，自不在話下，但有些句子，失之過於冗長累贅，讀來「江流石不轉」，彷彿墜入了諸葛亮的八陣圖，有徒勞往返的挫折感。但在讀到男主角史垂澤第一次邂逅瑪麗亞・佳司翠（Maria Gostrey）（一位滯留歐洲、流連忘返的老小姐），而訊問對方，他欠她多少錢時——因為後者的職業是導遊，我讀到下列的對話：

「我作這件工作，不像有些人那樣，當然你知道的，是為了錢。」

史垂澤一面聽，一面詫異，一面伺機而答：「不過，正因為妳要替許許多多的顧客服務，妳總不至於會說是為了愛心而工作吧？」

導讀到這裡，我猛然想起華特絲小姐在螢光幕上所說的那句名言——她是在引述《奉使記》中的那段話嗎？還是這句話已經成為今日流行美語中的一個口頭禪了？恕我孤陋寡聞，無法遽下斷語。華特絲小姐平日博學強記，因為要趕上時代潮流，很可能看過《奉使記》這類文學性很強的書，到時候在大知識分子前面露一手，表示這百萬元的年薪，絕非僅靠色相與運作而倖得的儻來之物，也是人情之常吧？

寫到這裡，我想起有一次，是兩年以前吧，在美國家中，我們接待了幾位朋友，其中一位是女作家。當我正在喋喋不休抱怨生活中的挫折感時，這位女作家爆出了這樣一句話：

「即使在最不好的生活裡，也可以找到好的地方來啊。」

這句話輕輕一掃，卻予我很大的感受，覺得聽起來有如張愛玲所言：「內臟上裡應外合（internally right）。」當時渾然不知她是在引述卡繆在《異鄉人》裡的一句名言。她一定很喜歡卡繆吧？當然，這事也是在我最近重讀《異鄉人》時，才石破天驚地發現的。

就連「石破天驚」這句白而又白的成語，根據我淺陋的知識，是出自李賀的〈李憑箜篌引〉：「石破天驚逗秋雨」我們用慣了「石破天驚」，已經忘卻了原先唐人有這樣的詩句。

二十年前在柏克萊加大，三十來歲當老童生，初唸拉丁文，學到一句：「我好，你也好。」（I'm O.K. you're O.K.）這句簡單不過每天都掛在嘴邊的英文，不想身價非凡，系出名門。（恕我久未弄弦「拉丁」，引述不出原文了。）但是像華特絲小姐那番貌似平常的對話，原來也暗藏玄機，要不是導讀《奉使記》，還真悟不出其中大有文章呢！

「世事洞明皆學問」，古人留給我們這麼好的教訓，可惜今人多不讀書，又怎能做到世事洞明呢？難怪看到這裡的電視節目，晃來晃去就那樣幾張熟面孔，也聽不到一句華特絲小姐這樣一句貌似謹愿，大有可觀的話來，這也使我想起有篇文章說：臺北的忠孝東路，絕非紐約的第五街。是的，紐約的第五街還可以塑造出一個華特絲小姐來，而我們的忠孝東路，能塑造出甚麼樣的人物來呢？

細腰

我年輕的時候有一副細腰，腰圍二十八吋，人又高，配上近六呎的身高，走到人面前搖晃晃的，不是那風擺腰，而是那快要傾倒的電線桿，我深深引以為恥，一定要設法增加體重，把這攲斜的身材匡正過來。

於是，有一年到了南洋，在一家華僑中學教書，剛好碰上老校長是個鰥夫，喜歡招攬年輕男女教員陪他一同吃午飯，在當地一家廣東餐館；我因為心存「私」念，就不顧陪上司吃飯是僚屬禁忌這一道天條，在眾目睽睽之下，當然還有其它不怕流言蜚語的同事，陪老校長大啖這家餐館的招牌菜：白斬雞、炸蝦球。結果，我的腰圍添增了數吋，超過三十吋了，而為了吃這頓白吃的午餐，也招來了許多不必要的麻煩。

而我的細腰，終於逐漸離我而去。

六〇年代中期，到了美國，那時的美國，離婚潮尚未泛起，健康食物（health food）、恐膽固醇症、吸二手煙等新名詞，尚在萌芽階段，我的腰圍也在流年偷換中，「臥後清宵細細長」，終於突破了三十一吋大關，抵達三十二吋。

七〇年代扣關，減肥、腰圍為舉國關心的大事。有氧舞蹈（aerobics）、慢跑（jogging）、環保意識……像氧氣一樣，充斥了美國人生活空間的每一個角落，而我停滯在三十二吋許多年的腰圍，又告蠢動，跳躍至三十三吋，有輕取三十四吋之勢。

我驚駭了：腰圍擴增，肚圍臃腫，常常是健康不佳的一個徵兆。驚變之餘，我自動成為一家有氧舞蹈俱樂部的函授會員。那位酷肖電視劇「三人行」中性感女主角（Suzanne Sommers）的有氧舞蹈家（Joannie Greggains）每天在電視機前，教授我做起臥偃伏，甚至兩手扠腰，雙腿倒豎，然後又舉腿過頭部等輕功武藝……然而，我的腰圍只是停留在三十四吋，並未減退一吋，直至去年三、四月間……

我發現我家後院的白漆木條圍牆腐舊了，需要換新的。在美國，這項看似輕鬆的工程是動輒上萬美元的A計劃。我前後逡巡了一遍這約莫有一百來呎長的白木圍牆，決心自己拆，自己漆，自己釘；不但此也，連木料、油漆、鐵釘也不假手他人，由自己親自從五金行採購搬運回來，這樣，我估計了一下，大概可以替自己節省七千元之譜。

工程在我鍥而不捨的精神下，利用教書餘暇，順利完工了。我的成就感是多方面的，不過我最大的快樂，是腰圍在千槌萬敲之下，皇天可憐見地，不折不扣縮減了兩吋，從三十四吋減至三十二吋，真可以借用從前的人形容米糧的得來匪易，是「寸寸（粒粒）皆辛苦」啊！我尤其感到興奮的時光，是試穿那些腰圍緊窄、棄置衣櫥一隅舊褲子的一剎那間，那種狂喜，差一點眼淚都要奪眶而出了。

腰圍在當今之世，對男人女人來說，的確重要，尤以女人為最：「楚王好細腰，宮中多餓死」，在二十世紀快要過去的時辰，亦具時代意義，李賀有詩〈將進酒〉，下半闋云：「吹龍笛，擊鼉鼓，皓齒歌，細腰舞」，間接說明了在崇尚環肥之美的盛唐之世，舞伎仍然以細腰為美。然而，在二十多年前，一名崛起馬來西亞的歌星，卻打起「細腰歌后」的稱號，打出了她的天下。這細腰歌后的封號，是一記神來之筆，頗類西洋文藝批評裡盛讚的修辭法：Oxymo-ron（把兩個截然相沖的詞組，並列在一起，產生相反相成突兀怔忡的效果）。當然，細腰女人充當舞孃尚可，要她的嗓音同時又金聲玉振、繞樑三日似乎力有未逮，因為生理上的限制；然而，這位聰明的女歌手卻偏要借這一個前後矛盾的稱呼來堅持，她是有能力將不可能化為可能的，難怪顧曲周郎基於好奇心去「瞧瞧她」了。

西洋文藝作品裡，善用此一花招者甚夥，最近在此間一家大學導讀《奉使記》（*The*

Ambassadors），舉手一翻，發現作者亨利・詹姆斯簡直是使用 Oxymoron 的高手，什麼 elegant absence，free discrimination，awfully pleasant……，不都是 Oxymoron 的最佳例證麼？中國現代作家中，唯有錢鍾書一人擅用此一技巧，譬如短篇〈紀念〉中，他說才叔能夠娶到曼倩，是因為他具有「天真的鹵莽，樸野的斯文，實心眼兒的伶俐……」天真的人行為不免鹵莽，尚有一說；這樸野與斯文，伶俐與實心眼兒，就是鐵錚錚的 Oxymoron 了。我尤其喜愛他在另一短篇〈靈感〉中，說那位死去的多產作家，除了創作以外，還陸續發明了「補腦益智生髮油，魚肝油口香糖，腰細女人不致發胖的特製罐頭『保瘦肥雞』。」魚肝油口香糖、保瘦肥雞都是 Oxymoron，但是放在「細腰歌后」一旁，還是覺得後者風格天成，真是無懈可擊。

有志寫作的小姐先生們，何妨將提煉 Oxymoron 的工夫，來作為你們下一個寫作計劃的重要指標？

漸漸地，紅起來了

我年輕的時候，好萊塢盛行一種古羅馬勇士競技片，多半是肌肉發達、臂力強勁的壯士，扮演奴隸兼大力士（gladiator），在競技場上與猛獸或者超級巨人赤手空拳搏鬥，最後總是「弱者」——地位上的「弱者」——勝利，演出一段英雄美人傳奇，有情人終成眷屬。

二十年來，觀眾的趣味並沒有怎麼變，依舊喜歡看健美先生，像「魔鬼終結者」系列片的主角阿諾史瓦辛格，其實就是卻爾登・希斯頓的翻版，不過，今日的觀眾厚今薄古，只嚮往甚至鍾情未來，所以這些「終端機」裡搖出來的怪力亂神，雖然打扮一如「地獄天使」（Hell'sAngels）裡的「龐克族」人，仍然能夠招搖撞騙，胡說是二十一世紀的新人類，藉此襲擊青年觀眾的荷包，養肥製片商和他手下的一批人。

像多年前轟動一時的「賓漢」，就是以古羅馬的奴隸大力士為題材，影片的高潮，是雙雄各駕一輛雙頭馬車——還是三頭？記不清了——屹立在車中的壯士，各自揮舞手中的武器，向對方致命地扔過來，再加上車轂撞擊，沙塵滾滾，武士的閃亮頭盔、鎧甲，健碩的飛毛腿特寫鏡頭，一晃而過，觀眾屏息靜氣，被壓迫得透不過氣來，的確有它吸引人的地方。

賓漢的故事至今我早已忘卻了，但是影片中賽車喋血比武的一幕，還留有印象。要是我說類似賓漢影片中駕馭馬車的鏡頭，今日在臺北市尚可得見，一定有人說我在那兒癡人說夢呢！

而我的確是看見的，不過加上一層想像力而已，那是在民權東路榮星花園過去的濱江市場內。駕車奔馳的不是古羅馬的勇士，是口嚼檳榔、口操閩南語的小本經紀人——當然是年輕人；他駕的當然不是雙頭馬車，而是一輛小型貨車，敞篷的；他從肩摩轂擊、人潮洶湧的濱江市場大門一路吆喝著駕著車出來，行人紛紛讓開了去，包括我在內。

這個年輕人像煞「賓漢」影片中的卻爾登・希斯頓，或者他的勁敵史蒂芬・鮑埃德(Stephen Boyd)，因為他不是坐著，而是站著開車，開出大門的。

這是怎麼一回事？我站在七月灼熱的驕陽下，眼覷著眼前的這個年輕人；不止一次了；他怎麼可能站著開車？一路還吆吆喝喝？他一點沒有覺察到有人在注意他，耳邊繁囂的市聲，攤販的叫賣聲幻化成為一陣陣古羅馬競技場觀眾熱烈的喝采聲……

我看得呆了，汗水涔涔從我眉間流入眼中，像淚水一般刺痛了我的眼睛。

駕車的年輕人，敞篷的貨車內滿載著西瓜、小玉瓜；隔日可能換上一批香瓜、鳳梨，或者芒果。總不外是水果，不會是獅虎花豹。

濱江市場就是這樣一個生氣勃勃又帶點野性的市場，我喜歡去那兒。在那鼎沸的市塵人聲中，我彷彿走進了北宋的「清明上河圖」，又像生活在盧照鄰的〈長安古意〉詩中，那詩的頭兩句是：「長安古道連狹邪，青牛白馬七香車。」這裡，我的比譬稍嫌不倫，因為盧照鄰若是活在今朝，他所吟詠的，很可能是近在咫尺KTV、視聞理容林立的長春路，而不是濱江路，或者濱江市場。

南門市場就不是這副模樣。南門市場徹底文明化了，像美國的超市，學會了除臭，講究乾淨，日光燈雪亮，彷彿有空調。一條魚貴得嚇人，花枝也貴，同樣是一條魚，到了南門就像躍過龍門的鯉魚，身價翻了一翻，與眾不同了。

圍繞著濱江市場附近的街頭很髒，有人經常大方地把豬肚豬肺垃圾一樣委棄於地，引來了大批的蒼蠅，旁邊也可能是一堆狗屎——名女丑方芳在「綜藝萬花筒」中諷刺過的「遍地黃金」。連《紅樓夢》裡描寫的太虛幻境，「窗下亦有唾絨」呢！何況這兒是人間，又是生意鼎盛的濱江市場呢！

也許是生意太好了，一個月內四個週日公休不算，端午節適逢「大利市」週(long-weekend)，一連三天不開市，到了第四天又順延一天，弄得顧客像那「瞻望歲月的長頸鹿」，頸子都盼長了。

二樓的濱江花市染上了花的嬌氣，動不動就「撒嬌」——放假。有時樓下菜場開門，樓上重門深鎖，等閒不放人進來。但是花鋪連雲開著，像燦爛的雲錦，一家連一家，甚麼連翹、夕陽，茉莉、野薑，還有荷蘭進口的康乃馨、「洛陽」牡丹，本地的寵兒石斛蘭、蝴蝶蘭。除了牡丹、蝴蝶蘭是論朵而估外，其餘均屬論斤稱賣，價格賤得像蔥蒜——錢鍾書若來濱江一趟，大概不敢再希奇弗煞地說，「花的香味，跟蔥蒜的臭味一樣」了。

最有趣的是，連玉蘭花在這兒也降低了身價，是論斤賣，十塊錢七八朵，二十塊加倍，搦在手裡，在人叢中走過，一陣香風——是別人聞見，自己也許太近，反而渾然不覺——是賣玉蘭花的阿巴桑告訴我的，話中頗有禪意。

其實除了花市，我最愛逛的，還該數圍繞著市場的那片「衛星」市廛；「這兒的豬牛羊特別的該殺」，因為價格特別公道；饅頭、紅豆包、菜肉包也比較便宜；盆裡的鰻魚隨時準備水遁，養殖場裡運來的鮮蝦活蹦亂跳。尤其令人賞心悅目的是一天一天看著那攤子上的荔枝，漸漸地紅起來了。到了冬天，想必那甜蜜多汁的椪柑也是這樣，一天一天漸漸地紅起來了，使人不會驚悟到「流年在暗中偷換」，有了它們，「上帝在天庭裡，一切都美好」了。

美國精神何在

甚麼是美國精神？說得現實一點，便是商業精神。何謂商業精神？便是公平自由的競爭，接下來，還要講究貨真價實、童叟無欺，這才庶幾可以做到孔子說的「貨惡其棄於地也，不必藏於己」的地步。

這種精神在最近二十年來，在美國逐漸消失，喪失了這一種品管維護、商業氣質，任憑你有多大的財力物力，也無法與後起之雄的日本競爭。

暑假間回到美國，那成為我終身心腹大患的庭院（yard）立即跳上眼來，要我代「她」換裝整修。瞧那棵當街婆娑一方的老榆樹，枝椏低蕩，快掃到行人的眉間心上來了。行人要是「無計相迴避」的時候，我的麻煩便來了。

於是我立即驅車前往一家熟悉的刈草機店，想把那竿失修一年、可以自動伸縮的剪樹枝器修好；半年不來，那老店東大概是退休了，立在櫃臺後面的是一個年輕後生，想必是少東接棒了。這少東卻不甚客氣，「倨坐胡床」，三言兩語就想把我打發走：一說舊的剪樹器齒鋒已斷，無法檢修，隨即從店中揀出一根丈八長矛來；二說這是最好的。我因為「時差症候群」發作，腦子迷迷糊糊，再加上對這爿店的金字招牌信心未改，於是欣然從命，刷了一張信用卡，提起長矛，回家伺候榆樹娘娘去也。

我興奮地高高擎起這竿長矛，扯起拽地的白繩，於是「娘娘」的三千煩惱絲，紛紛墜葉飄香砌，密集的枝椏變稀疏了，樹枝間露出南加州湛藍的天空來，這時候，我身旁如果有個小女孩，她一定用套用電視上的那句廣告詞：「爸爸（爺爺）好得意啊！」真的，擁有一輛豐田車算甚麼，不如替老榆樹婆婆剪髮開心多了。

但是，我不斷地扯拉之間，那節新月形的彎刀竟無法切攏來，綠葉不墜，墜的是我的心——我把可以伸縮的長矛收攏來，我的心直往下墜，位於戰略地位的幾枚螺絲全鬆了。這不打緊，"No big deal."我用胡語安慰自己（在胡地久了，自然說胡話）。說完，我立刻進屋尋出工具箱來，說也奇怪，無論我選用那一種尺寸的旋緊螺絲工具，就是無法將這兩三枚星羅棋布的「卒子」恢復原狀。

我嘆了口氣，席地坐了下來，信手拉過撂在一邊的那竿舊長矛，上面赫然髹有"Kimachi"

的牌名，又有「日本製」（Made in Japan）的英文字樣。這一竿剛上陣就鳴金收兵的傢伙呢，不用說，自然是「製於吾鄉」的了，我不經意地瞄了一眼，果不其然，製造這根長矛的廠家近在咫尺，開車不出三十分鐘就到。

第二天，我甘冒天下大不韙，硬著頭皮去找那個冷面少東理論。他這次拉下臉來：「你忘了閱讀說明書。」我也反脣相譏：「你昨天根本沒有給我說明書。」「哦，是了。」他倒承認自己的缺失，沒有賴，這窩囊的生意人。他還有一段多遙遠的路程才能學到乃父乃祖的精明呢？

時間不許我胡思亂想，因為少東已經把幾枚戰略螺絲釘胡亂整好，遞到我手裡，又用胡方俚語安慰我："This time it will be like downtown."（根據我在胡方逗留的時光，我聽得懂這句胡話，勉強譯出來，應是：「這一次，你會樂得像在逛大街一樣。」）

但是，我像在逛大街嗎？我走上大街，就發現有一顆螺絲釘鬆兮兮地，可謂原封未動。我且不急著回去，跟這樣的「冷面殺手」理論沒有用，先回家再說。

回到家裡，呆望著竿身上黑白分明的廠家，我靈機一動，何不打電話到製造商那兒，看看有沒有修復的機會，甚至於掉換一竿新的——不可能每一竿都是銀樣蠟槍頭吧？

一通電話打過去，接聽電話的人自稱 Glenn，聽聲音很和氣，不似冷面殺手，我一聽放心不少，娓娓道出了自己的申訴檔案——在胡地待久了，自然學會了一套保身的能耐，那便是客氣又堅定地申訴自己的委屈，不然，任何人都可以踩到你身上來（Walk all over you）。

Glenn 說，你可以開車過來，我們替你修。我詢問路徑，他很詳盡地道出了「我方位置」，我依言上路，很快便找到了這家工廠，也找到了格倫先生。

是一爿具有相當規模的工廠，接待室高敞淨潔，陳設有「早期殖民地風」（early colonial），頗有看頭。

格倫先生兩鬢飛霜，戴一頂壓髮便帽，雖然也穿著西服，一看便知是工人出身。他拈起這竿自家廠牌的成品，先問我從何處購得，又說可以修；他立刻從辦公室內尋出一枚螺絲釘來，替我安上，舒服得像在逛大街一樣。又告訴我，這竿上最上面的這副工具，是可以伸縮的，只有在作極度用力的活時，才應該伸開；平時是一律縮回去的。螺絲釘在平日操作時，不必旋得太緊，以免「豁邊」。格倫先生最後又說：「真高興你來看我們。」

我不斷道著謝，走出廠門。我開車行駛在洛杉磯的大街上，想得很多很多。我在格倫先生身上看到了「美國精神」，是的，格倫就是美國精神的肉體象徵。

格倫先生大概快要退休了，接他班的那個人，會又是一個冷面殺手嗎？到時候，我真的變成有冤無處訴了。

為免麻煩，心力交瘁，我決定下一次的剪樹器，還是買日本貨，像我手裏這枝原子筆，是日本貨，其原因非關種族，是純經濟學的。

美國精神何在？

我自美國來

暑假期間回美，一回去就趕上共和黨黨員大會，提名布希總統競選連任，因為美國經濟大衰退，為四十年來僅見，布希聲望大跌，落後克林頓州長好幾十個百分點。共和黨員希望開好這次代表大會，挽回頹勢，自是不在話下。鑒於民主黨大會，女權高張；共和黨員不甘後人，自然要來表演一下「以子之矛，攻子之盾」的好戲，於是搬出了第一夫人芭芭拉，讓她在大會第二日，出任「壓軸」演講員（keynote-speaker），芭芭拉滿頭銀髮，一臉富泰祖母相，她站在講臺前，從容不迫地誇讚丈夫「童叟無欺」，是天下一等一的好人，這樣一位把修身齊家（家庭價值family value）放在第一位的好丈夫、好父親、好祖父，又怎能不把治國平天下幹好呢？芭芭拉幫夫心切，企圖挽狂瀾於既倒，而不僅僅是維護自己第一夫人的寶座，使人想起杜甫詠懷諸葛亮的詩句：「兩朝開濟老臣心」；我在螢光幕上看到她的聲容笑貌，除了感佩，還不免感到一絲愴然——布希政府背水一戰，不惜動員「楊門女將」，讓自己的夫人芭芭拉披掛上陣。萬一依然不幸敗下陣來，值得嗎？

副總統奎爾夫人更是毫不隱諱，矛頭直接指向克林頓夫人希拉蕊（Hilary），指控這位覬覦第一夫人寶位的「刁婦」，言論潑辣偏激，婦德、婦言，都遠遠落在芭芭拉之後，「不幸」克林頓當選了，又怎能母儀天下？

言下之意，彷彿選民投票選舉的，是布希夫人，不是布希先生。

此舉間接證明了一點：共和黨在這次選戰中，完全失卻了主動。敵人的弱點，不構成他們的致命傷。布希大概心裡也明白，共和黨要是在十一月失去了白宮，致命傷是美國再衰三竭的經濟，而不是對手的老婆，一度說過幾句犯了「七出」之條的「婦解」言論。

奎爾先生更是得理不讓人，為了堅持「家庭價值」天下無敵，所向披靡，居然敢公開指謫叫好又叫座的電視連續劇「風雲女郎」（Murphy Brown），駁斥劇中人所選擇的單親生活，有背倫常。美國媒體界（media）是一個黃蜂窩，誰惹誰倒楣，結果自然笑話一五一十；最令奎爾副總統難堪的地方是：九月初的電視各項節目艾美獎（相當於此間的金鐘獎），最佳連續劇女主角獎，不偏不倚，剛好落在飽受奎爾攻訐的甘蒂斯‧柏根（Candice Burgun）頭上。這位素有美女之稱的女明星，樂得舉起了手中的艾美獎，一面大叫：「謝謝你，奎爾先生！」

媒體界看來真是對布希政府「不合作」——也許是勢利，眼覷著布希「收視率」節節下滑，牆倒眾人推，表現得最露骨者首推哥倫比亞公司的丹・拉瑟（Dan Rather），這位名主播，共和黨的三天會期內，居然不採訪布希總統；因為一九八八年那次選舉，雙方有過不愉快的「過節」。一般說來，美國人器量較為狹窄，他們生性是錙銖必較的，這次機會來了，「小子不給你點顏色瞧，咱也不姓拉瑟了。」

不但不訪問，反而掉轉鏡頭，去訪問早已退下陣來的斐洛先生（Mr. Perot），並且再三逼問，斐洛君有無捲土重來之意？意圖給共和黨好看。斐洛君也妙，臨去秋波，來個琵琶半遮面，咬緊銀牙，硬是不說半個不字！恨得人牙癢癢的。恨不得罵他一句《金瓶梅》裡的三字經：「這×搗鬼！」

最妙的是，當丹・拉瑟問：「美國的經濟這樣糟，你先生一旦主政白宮，有甚麼錦囊妙方沒有？」「有」，這位像拿破崙一樣矮小身材的斐洛先生，隨即一手舉起手中的書，把封面面向鏡頭，一面從容不迫道：「這是我馬上要出版的一本書，書名叫××××，只要主政者買一本，價格七元五角，馬上，我國的經濟就會去弱振強，迅速復甦！」這位德州出身的億萬富翁，真不愧為做生意能手，在電視上公開「打」書，丹・拉瑟只有苦笑——他希望斐洛先生復出的一片苦心，落空了，怎不苦笑？而我們作為消費大眾的一般平民，看到這位狡黠商人的精彩表演，只有啼笑皆非！（編按：結果斐洛先生出爾反爾，又復出了。）

啊，上帝啊上帝，美國的救星真主在哪兒？

人慾橫流

自從「第六感追緝令」賣座出現長紅以來，好萊塢的新片，又走回變態色情的路線。最近的南加州中學校園，興起一陣殺風，腥風血雨，人人自危。青少年吸毒後，加入黑幫，像「教父」影片中的徒子徒孫，亂殺一氣。專家指出，此風與媒體（電視電影）渲染暴力，將殺人放火當作家常便飯有關。的確，美國的電視，下午在「肥皂劇」過後，統統是一些「性抓狂」、「脫口秀」，那模式與國內一連串以「歡樂」為名的節目相似，也是藝人與觀眾打成一片；可人家卻不是在那兒教導「兒童」玩「老鷹捉小雞」，他們脫口秀的主持人，扮演的是業餘精神病醫生的角色，像是最出名的 Geraldo「禍辣奪」（此君扮像活似歹徒），餘如Oprah Winfrey（黑女）、Montel Williams（黑男），走的是同一路線。他們在臺上找來一批奇人，親口一一道出自己親身經歷過的「抓狂」奇事，讓觀眾伴同他們一同渡過這一道漆黑一片的時光隧道，像是被生父強姦啦，發現丈夫是同性戀啦，上司的性騷擾啦……，諸如此類，千奇百怪，見怪不怪。而不同背景不同年齡（包括老中青三代）的觀眾，聚集一堂，自然會爆發語言上的齟齬衝突，甚至差一點打起群架來，演出國內議場上經常得見的全武行鏡頭，於是，電視上下的觀眾都血脈賁張，意淫式地滿足了，頻呼過癮。而脫口秀的主持人，為了追求收視率的成功，哪管對青少年觀眾造成誨淫誨盜影響？甚至於對於整個觀眾而言，這都不是甚麼「心靈上的饗宴」，而是一片殺戮戰場。

到了晚間七點過後，儘是半小時一小時號稱「新聞雜誌」的節目。其實，羊頭狗肉，都是一些包裝得很漂亮的包公案、施公案的「再造」——血淋淋，兼及怪力亂神，不能識別的外星人飛旋器（UFO）等等。像是NBC的Hard Copy「硬紙型」成功於先，立刻跟進的有Inside Edition「內幕報導」、Unsolved Mysteries「懸案」等等，與下午的「諸家叢談」所沾帶的亂倫、殘暴、血腥氣，可謂異曲同工。尤其節目的主持人，像是「硬紙板」的Terry Murphy（女）、「懸案」的銀幕硬漢Robert Stack，一臉「撲克牌面孔」更是看得人倒抽一口冷氣，慨嘆今世何世，等閒不敢輕信世人了。

而電影呢，受到電視的激烈競爭，只有勇猛跟進了，於是，大銀幕有演變成「小電影」的趨勢，這就是為什麼片商會情商大明星如瑪丹娜、傑瑞米·艾倫斯（Jeremy Irons）去主演像Body of Evidence「肉體證人」、Damage「烈火情人」這類三級片。尤其傑瑞米這位英籍金像獎影帝，在「烈火情人」片中，扮演的是一位內閣大臣，但與小他差不多有二十歲的「兒子的情人」偶然相值，竟然粉身碎骨，死纏爛打，像貓狗那樣的不顧羞恥，在清晨的旅館門前幹那事兒——當然是穿著衣服的。但是因為動作粗魯不文，越發凸顯了衣冠禽獸、沐猴而冠的醜態。傑瑞米昂藏七尺，堂堂鬚眉，是標準的紳士，這樣的英挺男子，捨正路而不由，曠安宅而不居，竟然學樣「花心蘿蔔」李察吉爾，幹起禽獸不如的行徑來，實在不值，也替這位影帝叫屈！他為什麼要去演出一些連他子女看了都要吐口水的黃片？尤其令人噁心的，是編劇安排他與「兒子的情人」正在幽會，上演那妖精打架的好戲，兒子開門進來，於是父子情人六目相對，父親的裸體，將錯愕的兒子往後步步逼退，一翻身，從抖巍巍的樓梯欄杆翻下去，翻到四層樓下，當場摔死。而傑瑞米赤條條從樓上追了下來，摟住早已氣絕的兒子，悲慟不已。驚心動魄，可謂登峰造極矣。然而，頑冥不靈的我，竟然呆坐一隅，不為所動，亦云怪哉！

而「肉體證人」更是變本加厲，瑪丹娜的冷豔，堪與當年德國影片「藍天使」瑪琳黛德麗媲美。然而，也許成名心切，此姝向以「偷跑」、「捨正路而不由」為看家本領。在影片上，我們看到她用滾燙的燭油，澆在男主角（一位律師）的裸胸上。另有一幕，是在公共停車場的頂樓，她一手將頭頂的燈泡擊碎，碎片散了汽車一篷頂，她強令那位被她玩弄於股掌上的大律師倒臥在汽車頂上……也難怪戲院的經理，在這一處放映室（美國的電影院，是有許多放映室的建築）入口，加派了一位穿藍色制服的監理，嚴禁未滿十七歲的青少年混入，以免觀影後立即在停車場，如法炮製，鬧出人命來。

這樣的娛樂，這樣「開放」的社會，也就難怪人慾橫流，人命如草芥了。

切西瓜的方法

多年前有一首新詩，取名〈吃西瓜的方法〉，羅青寫的，題目非常新穎，內容我沒有拜讀，只是單純的好奇，一方面心裡想，這首詩可能在取名上，受到華勒斯・司蒂芬斯「看黑鳥的十三種方法」一些影響吧？不管怎麼說，這首詩始終不曾讀過，但題目是記得的。題目搶眼往往先聲奪人，譬如說，《海水正藍》、《七里香》、《無怨的青春》都是一等一上選的好書名，也難怪暢銷，可惜，浮生匆忙，我同樣無緣識荊。

最近，我回歸臺灣不滿兩年，方才了解到：原來吃西瓜的確是有方法的，但不知是不是羅青詩中所寫的那種方法？這方法是，切西瓜不能橫切，而要豎切——西瓜多是橢圓形或者長方形的。換句話說，會切西瓜的人，絕不會攔腰一斬，那是外行的切法，而非得切成半月形。因為西瓜靠蒂部的地方最不甜，越往前越甜。為了公平、利益的一體均霑起見，切西瓜只有一種方法。

原來如此。難怪水果攤上的西瓜都切成這樣，而我的方法是錯誤的——竟然一錯數十年，思之駭然！一方面也是「輕敵」之故：西瓜就是西瓜，隨便怎麼切都行，只消到嘴就是了。誰知不然，切西瓜的方法，竟然包涵了這麼大的學問！

所以，孔子訓誨我們，要多讀《詩經》，因為詩裡面有許多草木鳥獸之始。賈寶玉雖然不喜歡「世事洞明皆學問，人情練達皆文章」這樣的對聯，曹雪芹還是逼他看過這副對聯，才容許他在秦可卿的榻上，做完那場香艷的「警幻」大夢呢！

最近，在此間某大學開《紅樓夢》的課，言談之間，慨嘆自己當代作家讀得少。有位研究生向我鄭重推薦汪曾祺。拜讀之下，果然不同凡響！汪氏自稱是沈從文的入室弟子，有麝自然香，那是不用說了。汪曾祺的作品讀來眼熟，似曾相識，原來他繼承了《儒林外史》的餘緒，沾上了吳敬梓的一點瀚墨餘香，難怪讀來有嚼勁！但是汪曾祺畢竟不是沈從文，也不是吳敬梓：他不像沈從文那樣擅寫明秀的山水，筆鋒也沒有儒林大師那般幽默辛辣；關於這兩點，我有很多意見，不是一篇「千字文」說得撐的。但是汪曾祺有一點的確勝過乃祖乃師，那便是他在描繪「草木鳥獸之始」時，比兩位大師是更加透徹的，簡直到了鉅細靡遺的地步！譬如他在描寫養雞養鴨的情節時，自己立即化身為養雞養鴨人，讓人不得不佩服他在格物致知上所下的功夫。換言之，若是要他來描寫一個賣西瓜的街頭小販，他一定會把小販切西瓜的方法，照實寫下來，而且一定是豎切的；又會寫下橫切豎切之間失之毫釐，差之千里的「獨家報導」。

啊！才難。才難。難怪有人說，詩不讀唐宋之下！而禁得起讀的好書，就那麼幾本；而就那麼幾本，也夠我們讀一輩子了。

歲歲年年花不同

暑假裡回到美國，很快又回復了園丁的生涯。

三天兩頭開車到苗圃園（nursery），添購肥料、除蟲劑、「沃土」（gromulch）、花秧花苗。無可諱言，美國經濟蕭條的陰影，也籠罩上了苗圃的一角；玫瑰為「五斗米折腰」，減半打折：本來售價是十三元的，如今六元半便拱手讓人了，真正是貨真價實的「買方市場」。然而，購物稅不知從何時開始，漲了兩個百分點，變成八點二五「巴仙」——若是較大的一筆買賣，雖說折扣連連，顧客的荷包負擔，依舊相當沈重。難怪苗圃的顧客不見增多，在洛杉磯七月驕陽照耀下的玫瑰，空自展露笑靨，依舊得不到顧客的眷顧！

有一家開在白人區的連鎖五金店 Builder's Emporium 因為周轉不靈，乾脆關門大吉，我七月回去，剛巧躬逢其盛，少不得也去他們的園藝部門，搶購一番，像噴水龍頭，澆水用的手槍，嶄新的一律五折，甚至四折三折。

但是顧客店員的心情都不佳，有一個戴著壓髮帽，看來是退休老人的顧客，在付帳時，閒扯淡地問那看來二十掛零的金髮後生小子：

「你大概會調到另一家分鋪去吧！」

「哦不，我算是失業了。」

我推著購物車跟在後面，車子裡堆滿了狼犺的貨物，這時候，我有一種趁火打劫的罪惡感，又怕對方把我看成是禍頭子的日本佬，真是進退兩難，匆匆一聲不響，低頭付了帳，第二天也不敢再去造訪，害怕成為別人遷怒的對象。

日子雖然難過還是得過，所以花圃還是得打點整理，否則，長長的暑假，除了看書還是看書，日子未免太過空洞無聊了吧？

這樣一專心，兩個月下來，我經營的花圃，遂有了可觀的收穫。

首先，我將種在曬衣場草地、籬笆旁邊的兩株「雨傘」樹（umbrella tree），徹底整修了一下。四個月不見，兩棵樹長得枝枒虬結，雜亂無章，大刀闊斧的刪減之後，傘樹恢復了昔日秀媚挺拔的丰姿。傘樹原產澳洲，一龍九種，種種不同，有的枝葉繁密，有的只是闊葉雙子星，隔一段來上一副，蕭疏有致。不經過人工的修葺，傘樹是不易發揮它們天生的韻致的。

自此，每天經過這一雙「璧人」之前，她們豐腴的綠臂像在那兒唱「綠島小夜曲」，總是那樣招呀搖呀的，臨到離開美國前夕，向她們說再見時，那幾雙玉臂似若有情，還在那裡不息地揮舞著……。

在傘樹的緊鄰，我又種下一株玉蘭花，這株幼苗可所費不貲，因為系出名門，出自日本人經營的苗圃。這家苗圃一向聲勢不凡，連夥計都彷彿沾上主人的財氣，眼皮經常搭拉著，不太愛答理人。最近，可不對了，這些狐假虎威的小嘍囉忽然不見了，想必遭到資遣(laid-off)了，老闆親自來掌櫃，倒是一副和善的面孔——也許「閻王好見，小鬼難纏」，老闆一向是這樣；還向顧客附贈「種樹指南」，說「這棵樹最好種在南方，終日有日照的地方。」

這樣大手筆的苗圃園，老闆親自掌櫃，以前只見他穿著綠色的園丁制服、忙碌地穿梭來往，指揮若定；有時候去得早了，店未開門，看他招集手下的蝦兵蟹將開會，面授機宜，真是此一時也，彼一時也。匆匆抱了玉蘭樹幼苗離去，心裡也不是滋味。

久久不敢向太座報帳，又不敢向她透露園中添了新貴，怕她嚷嚷，嫌價錢貴；又怕她說，「這個時候，還買花！」

其實，洛杉磯的玉蘭花長得並不好，花也不怎麼香，是天氣的關係，因為氣候乾爽，不像臺灣是亞熱帶，雨量豐沛，整年濕潤，有利玉蘭花的生長。

鄰居家有人種玉蘭，是大樹了，從樹底下經過，一陣淡淡的清香……

今年，是蜘蛛年，園中大小蜘蛛你來我往。害蟲年年有，往往只流行一種，譬如說，今年蝸牛多，明年就會鬧螻蛄，後年可能與飛蛾，或者果蠅，只有勤於園藝的人才知道。殺蜘蛛得用農藥，用了幾次，蜘蛛終於斂跡不少，當然沒有絕種；據電視報導，甚至有一種毒蜘蛛，被牠叮一口，可以致人昏迷、休克，如果不及時就醫，有暴斃的可能。

使人想起「後現代主義」的一本小說：《蜘蛛女之吻》(*Kiss of a Spider Woman*)。花草也是這樣：今年玫瑰好，明年長春藤茂，後來可能蝴蝶花（Pansy）盛；風水輪流轉，恁誰都有風光的日子，花神畢竟是最公平的。

今年，大理菊（zinnia）獨豔。大理菊介乎大理花（dalia）與菊花之間，因此得名。我每年都在初夏播種，逢到運氣好，如花之意，二十來天便可以開出第一朵花。年年我都種大理菊，沒有今年的豐豔，真是各色齊全了，有淺粉、淡紅、大紅、金黃、嫩黃，還有淺綠、粉紫、純白的，花朵大，有茶碗大小。今年，我種對了時辰，還是除蟲快、灌溉施肥勤？大理菊豐收了。

大理菊先是中央開第一朵，然後，圍繞在「花王」周圍的蓓茱兒也相繼綻放，有時候比花王還要美豔。大理菊不宜遠觀，宜近玩；它與菊花、大理花都不一樣，佔地不多，但花期長，可以開一個半月；也不宜插瓶，因為糟蹋掉太多的花苞。它是非常適合園圃的花，真是「天下萬物，各有其所」。

古人說：「年年歲歲花相似，歲歲年年人不同。」這位古人因花起興，沒有把花參悟得透，我要把這句名言稍稍更動一下，作為小文的結語，那便是：

「年年歲歲花相似，歲歲年年花不同。」

這才是愛花者的經驗之談呢。

地鼠與玫瑰

愚夫婦第一次在美國購買的房子，坐落於舊金山東岸所謂「東灣區」，這地方是「藍領」階級的住宅區，實在名不見經傳，不像鄰近的「里奇門區」（Richmond District）大大有名，於是，在經過朋友數度詢問「What甚麼？Where何處？」以後，愚夫婦也相對地學乖了：但凡遇到「尊寓何處」一類問題時，悉數答稱「在Hilltop『小山頂』附近」（是處有一名震遐邇的購物中心），不再往下說，而對方多能如響斯應，面露笑容，免除了瞠目不知以對，不必要的尷尬場面，於是，賓主俱歡顏矣！

這個「藍領」地區尚有一項不足為外人道的壞處，便是地曠人稀，盛產地鼠（Gopher）。地鼠是園藝的大剋星，與一般害蟲不一樣，地鼠營巢於地下，專喜啃嚙花草植物的根莖，其手段卑鄙狠毒，有點像封十八姨派來的第五縱隊（封十八姨據馮夢龍《醒世恆言》的說法，是花神對頭，事見〈灌園叟夜逢仙女〉一回；英語中除了Sun-burned（日炙），亦有Wind-burned（風灼）一詞，足見風災為烈，中西同感。）

記得愚夫婦初次購下東灣這所房屋時，翌日清晨，在車庫門外，一方未經開墾的處女地上，太座偶一低首，發現泥土兀自鬆動起來，彷彿有物自下掘土，意欲破土而出。太座這一驚非同小可，立刻抓緊我的手，指向那一丘隆土問：「那是甚麼？」

太座問道於盲，當時我也茫然無以應對，心想蚯蚓無此力氣，也許是會鑽窟窿的毒蛇吧？真是一對不曾見過世面的大鄉里。事隔數月，我們才明白：原來是我們住在地下層的美國鄰居，在那裡領首向我們道「早安！您好！」呢！

從此，此物成為愚夫婦的心腹大患，憑恃牠們詭譎的伎倆，我們常感到腹背受敵，無力招架；因為牠們窒居地下，隱姓埋名，但九族之內，個個慓悍，甚麼「敵進我退，敵退我追……」一種種魑魅魍魎十六字游擊戰真訣，個個會唸，而且青出於藍，比人類更會打漂亮的地道戰！

美國人嗜好園藝一道者頗眾，他們經營苗圃的店鋪亦夥，且規模龐大，關於「植物病蟲害」，當然研究有方，也頗有因應之道；其中地鼠一節，他們最有心得，居然赫然攝下許多地鼠的行樂圖兒，原來地鼠是久享盛譽的地下營造商；瞧，那洞穴工事構築得多有經緯，彷佛事先有人替牠們畫下了藍圖，豈僅狡兔有三窟乎？而對付地鼠的武器也就五花八門，令人眼花撩亂矣！有香餌（噴香的五色令人盲的含毒飼料，都是地鼠愛吃的五穀雜糧）；有彈弓陷阱，俗稱地鼠汽車旅館，一旦住進去了，終身休想退房；更有一種地鼠炸彈，牽一根引信到地鼠地道中引爆，使地鼠一家飲彈而亡，無一倖免。

愚夫婦是傾向溫和派的黷武者，考慮之下，決定選用了香餌，讓地鼠像古代失寵的后妃，在冷宮內死得委婉些。誰知過了幾天，撒在地鼠洞穴口的劇毒五穀鮮豔如常，文風不動，而牠們活動頻繁卻依舊，難不成地鼠也患了厭食症？原來牠們壞著呢，但凡生人碰過的香餌，牠們的第六感便發出警告：這是人類社會送來的「安非他命」，洋人所謂的「特洛伊城的木馬」（Trojian Horse），幸勿以生命試之，於是紛紛避之若將浼。

這是苗圃園的老闆事後告訴我們的。

真聰明，這樣惡迹昭彰的虫豸，難怪數千年來，恐龍絕種了，地鼠卻倖存下來，且與人類分庭抗禮，統領大地。

後來我們戰戰兢兢、躡手躡腳戴了手套去放蠱下毒，數週之後，果然，地鼠的行徑不那麼猖狂了。種下的花秧幼苗也能得到一絲喘息的機會，不像以往，一入土便被地鼠連臍帶根咬斷了。

但是，也難說，我們沒有法子縮小身影，鑽到地底去查證。聞說地鼠性喜遷徙，過不了一陣子便來個民族大遷移，五胡亂華那樣；也許是吃膩了當地的地糧，想換點新鮮口味，也說不定。

於是，在搬進東灣新居的第二年，因為地鼠平靖，等於歷史章回小說上寫的，風調雨順，海內無事，天子與民休息，輕徭減賦，於是我們辛苦種下的花卉，也開始有了豐饒的收穫。

那年，我一口氣種下了二十來株不同品種的玫瑰。百花中，我獨鍾愛玫瑰，因為玫瑰是群芳譜中的大美人。美國很少有香花，但玫瑰有的品種卻是芬芳的。布列顛民族喜歡替天下的生靈萬物取名字，寵物如貓狗鸚鵡小烏龜個個有名字，玫瑰是他們的最愛，少不了也要正名一番，於是Esther（艾斯忑）、Blue Heaven（藍天堂）、Lincoln（林肯）、Kennedy（甘迺迪）（兩位被刺殉職的總統都不約而同上了玫瑰榜）、Olimpiad（奧林匹亞）、Glory（光榮）、lady（夫人）……信手拈來，均成妙文了。

玫瑰是酷愛陽光的大美人，初夏五六月，加州晴空萬里，豔陽在天，她們也開得越加豔麗。玫瑰有潔癖，這一點也像美人，不能忍受穢物，施肥只能用化肥，不能用天然肥料，否則，玫瑰撒起嬌來，花也開得不美。玫瑰雖有充分的健康美條件，卻嬌滴滴地很易罹病；莖部一不注意，就生滿了綠黴菌，一捏滿手都是綠汁。葉子有時會出現鏽斑黑斑，那也是一種疾病，說是皮膚病吧。花心裡更易生出毛毛蟲來。要是出現了上列的病象，就看不到令你心動的花朵了。十八世紀的英國詩人布雷克（William Blake）曾經寫過一首"O Rose Thou Art Sick!"〈啊，玫瑰，妳果真病了！〉雖然詩人可能借物喻人，另有所指，但也間接指證了一點：在玫瑰的國度英格蘭，連高蹈的詩人也知道：玫瑰雖有「傾國傾城貌」，但也是個「多愁多病身」。

所以，在我熟識的朋友家中，很少看到完美無瑕的玫瑰；要看，只有到玫瑰園去。

美國的城市，是凡中級以上的，大都有規劃完整、收拾得井然有序的玫瑰園（Rose Garden），這成為他們城市的必要景觀之一。我住過的三個城市：康州的哈特福市、加州的柏克萊、洛杉磯都有遠近馳名的玫瑰園，其中柏克萊的一處，設計得最有匠心，不是平面的，要從路面走下數十級的臺階，是立體的，頗有曲徑通幽之勝。其中的玫瑰，或攀藤，或倚欄，或蹲踞，或偃伏，姿態婉孌，色彩嬌豔，一枝禿筆實在難以描繪。

玫瑰的品種，捨純種外，尚有接種（hybrid）的：接種的玫瑰，白底鑲紅邊，或者黃中泛出粉紅，顏色變得複雜，十分耐看。又像綠色的牡丹，許為奇珍，深紫（近乎黑色）、淡紫的玫瑰，品種也最名貴。說也奇怪，這種紫色玫瑰的香味最為甜蜜沁人。《紅樓夢》中，鳳姐過生日，平兒挨了打，寶玉侍候她理粧，寫到白玉盒裡，盛著一盒玫瑰膏子的胭脂，想必原料是紅玫瑰。十八世紀中葉，西洋種的紫藍色玫瑰（lavender blue）還沒有傳到中土來；否則，最喜別開生面的曹雪芹，大概要把胭脂寫成是紫藍色異香撲鼻的玫瑰膏子了。

玫瑰除了愛作日光浴，又最愛淋浴，需水量比別的花卉要多。花季過後，到了殘冬，還得替她整容，將三千煩惱絲整個剪平，俟明年好「春來發幾枝」。否則玫瑰變成了「拒馬」花障，擋人去路，這需要極多的時間、極大的耐心與努力來處理。玫瑰的枝條上布滿了刺針，每一年花季，為了替她整理園圃，沒有不把雙手刺得鮮血淋漓的。說玫瑰是傾國傾城的佳人一點不假，因為她的美帶著殺氣，愛她的人常被她暴君的脾氣刺得鮮血直流，心痛落淚，任憑是誰，都不能避開她的尖刺。這樣的大美人，值得仰慕者的犧牲與奉獻嗎？所以，我發現很多人的院子裡，別的花卉都有，獨缺玫瑰，可能害怕自討沒趣吧？

我在東灣院子裡種植的二十來株玫瑰，最後是以悲劇終場的。那年秋暑，我們準備搬家到洛杉磯去，同時積極籌畫賣房子，就在此時，我發現一些玫瑰彷彿害了病，沒精打彩的，開的花也不精神，而且簡直開不好。幾番察看之下，我又發現玫瑰彷彿有人搬動過，再用手去一拉，鬆鬆的，很輕易地出了土，這時，我背脊都涼了：是地鼠！牠們又捲土重來了！我傷心地把玫瑰拉出來一看：玫瑰的根莖全被咬斷，在「咽喉」深處咬上一口，整株的玫瑰變成了插枝玫瑰。地鼠呀地鼠，你們真是辣手摧花的黑手黨啊！

那時我們已經無暇去對付地鼠了。牠們怎麼又回來了?我們詫異著，也許是隔壁小山上的鄰居，用地鼠炸彈將牠們轟過來的?也許是新居住膩了，交通不便，又回舊屋來住些日子，反正空著也是空著，不住白不住。也許是牠們繁衍的後代，過來繼承祖產……。

但是，我辛苦培養出來的玫瑰都遭了殃，兩個月不到，二十來株玫瑰——其中不乏大價錢買來的名貴品種——全都捐了軀，像美人陳屍沙場，不該有的下場，全部落到她們身上，而將她們近乎惡作劇的一個一個凌遲處死的，就是這批眼睛畏光近乎全盲不辨美醜、不識香臭的流氓——地鼠!

汪曾祺在他的一篇小說〈雞鴨名家〉裡，寫到一個「鴨王」，技藝嫻熟得可稱鴨仙，因為鴨跟他變成了朋友，這不是無往不利了嗎?其實不然。鴨子雖然聽他的話，可是他鬥不過鴨瘟，汪曾祺說，「鴨，一個搖頭，個個搖頭，不大一會，都不動了。好幾次，一群鴨子放到蕩裡，回來時就剩自己一個人了。看著死，毫無辦法。他發誓，從此不再養鴨。」

我東灣家中玫瑰的暴斃，與汪曾祺筆下的鴨瘟差不多，從此，我家院中甚少種玫瑰，儘管搬到人煙稠密之處，並非地鼠橫行之鄉，我也懶怠去種，一方面大概也是年事大了，受不了玫瑰的嬌縱與折騰。無端的靜寂裡，淚光中，我想起玫瑰嬌娜嫵媚的丰姿，畢竟，我曾經一度擁有過她們，也為她們深深陶醉過。

藝術家與鑽戒

以前在上海，上海人喜歡稱上海作「上海灘」，這種稱呼不大好，因為不討口采、不吉利，果然，民國三十八年以後，共產黨一來，上海灘也就像上海人成天掛在嘴上的「預言」那樣，「坍」掉了。

英美帝國主義統治下的上海灘，人人喜歡充闊氣，高人一等，上海人稱之為「擺噱頭」，首開風氣者，當推影藝圈中人。記得李麗華初登影壇，主演處女作「三笑」，大老闆為了替她造勢，在報上刊登不實廣告，說李小姐某日在××公司購物，不慎失落多少克拉鑽戒一枚，若有仁人君子拾得此戒指，願致贈酬金多少萬元，絕不食言等。證據鑿鑿，似乎煞有介事，其實全是誑語，說穿了，不值識者一笑。

從側面上說，鑽戒在當時一般人——特別是小市民心理上，形成一種特殊地位，也是事實；換言之，鑽戒是一種特殊身份地位的象徵。

事隔半個世紀了，上海灘變成上海市，是屬於「人民」的了，然而——

日昨去聆聽上海來的一位笛聖的獨奏表演。這位笛聖年愈古稀，面貌青癯，穿一襲熟羅長袍，真是《儒林外史》中吳敬梓所寫的楊執中那樣，古貌古心，飄飄然世外一仙翁也。

舞臺上聳立著的架子上，橫列著五支橫笛，其中包括一支巴烏，笛聖信手挑起一支，笛隨手起，仙樂倏忽自笛孔散出，徐緩急促，隨心所欲；望久了，大師似乎是口銜著笛子在那兒演奏，而不是在用丹田之氣吹笛子。藝術臻於化境，登峰造極，夫復何言？

為了進一步窺探大師演奏時的真實面貌，我用瀆聖的心情，舉起望遠鏡，調整焦距，瞄準大師的上半身，我看清楚了大師灰白的髮椿，臉上的壽斑，瞇縫眼，然後，我看清楚古貌古心的大師食指上，戴著一枚晶光四射的大鑽戒。

鑽戒的光芒，在舞臺的強光下，顯得十分耀眼。這時候，我腦中閃過許多念頭：社會主義、思想改造、藝人、舊社會、上海灘、李麗華、梅蘭芳……然後，我又不免自問：笛聖是舊社會過來的人，他不能喜歡鑽戒嗎？藝術是奢侈品，不管藝術帶有多重的人民性，藝術家也是一種奢侈品，「奢侈品」不能喜歡奢侈品嗎？

美人忽然不見了

我每天早上，例必要「疾走」（fast–walk）；古人寫文章，罵人的時候，說此人是「中風疾走」，誰知在今人的行為裡，中風般的「疾走」，無論早晨或晚上，對身體反而大有益呢！有時，我的腳步也會放慢下來，多半是看到了美女。

洋人的辭彙裡，本有觀察美女（girl–watching）的說法，像觀察鳥類（bird–watching）、觀察大陸（China–watching），是一個專有名詞。美國小說家歐文・蕭（Irvin Shaw）寫過一篇小說〈著起夏裝的女孩子們〉"Girl in Their Summer Dresses"，那題目看著眼睛會一亮，非常討好，所以至今小說內容忘了，題目還記得。事實上，很多大小說我們都是只知其名，不知其實，譬如說，《戰爭與和平》、《往事追憶錄》……如今，連《紅樓夢》也漸漸歸入「只說不看」這一類小說去了。

有人嫌《紅樓夢》過於婆婆媽媽。

而在臺北街上，發現美女的機會很少。

不知道美女都到哪裡去了？

中古時期（指香港時期）的流行歌曲中，有一首姚莉唱的「雪人忽然不見了」，歌詞很滑稽，而且不大通，如下：「雪人忽然不見了，雪人原來不見了，雪人也有頭呀也有腦，太陽出來她們就會融化掉。」我欲將雪人換成「美人」，用來形容每日疾走時胸中的感受，倒很貼切，而且聽上去不那麼蹊蹺！

「美人忽然不見了，美人原來不見了，美人也有頭呀也有腦，太陽出來她們就會融化掉。」

的確，瞧，那迎面走來的上班族，不是太矮——多半是矮；就是太高。她們千篇一律，燙著流行的髮式，一種窩在禮物包裡碎紙條式的髮式；這種髮式對矮個子的女人很不合適，因為太長，使她看來，截然變成兩截，中間少了一截！而且，那詭異的髮型乍一看像是一隻拖把，絲絲縷縷地垂下來，顯得邋遢相，不髒的女人看起來也髒相，更何況這拖把是頂在一個「非美女」的頭上。

「非美女」的臉型千篇一律是一種「肉包子」臉，圓圓鼓鼓的下巴，有時且是漲腮。這種臉型不大討人喜，可是臺北街頭，這種臉型的女孩子忒多。她們照樣像歐文・蕭筆下的女孩子，穿著初夏的薄紗裝，顏色鮮豔，可是衣服「空自繾綣說風流」，卻無法吸引別人多看她們一眼！

古小說家筆下，喜歡形容女子的臉是「容長臉面」，似乎是指臉型較長，約略有點顴骨，像《紅樓夢》中的襲人，至少還耐看。臺北街頭，容長臉面的女子不多，多的是包子臉，而且有著顯著的下巴和腮幫，像魚！像林青霞那種輪廓鮮明的秀麗六角臉，從來沒有見識過。

所以，我疾走的時辰多半很順利，這倒好，稍稍節省了我可能浪費的一點時間，很多臉孔——不管是男是女，是老是少，都是一晃而過，沒有留下甚麼印象。法國的頹廢派詩人波特萊爾，若活在臺北，恐怕也寫不出「致一女過客」那樣傳誦一時的詩篇來了。

美國加州的街頭亦乏美女！但至少她們身裁還挺拔，挺耐看的，臉型也不那麼「吹漲」得兇；要看美女得去鹽湖城，那兒盛產美女，真是雪膚花貌，原來她們的祖先來自北歐，不知和鹽湖城的四季鮮明爽朗的天氣有沒有關聯？在鹽湖最大的百貨店（CZMI）購物是一種雙重享受，因為可以看物，也可以看人，不會像《儒林外史》中的馬二先生：「女人不看他，他也不看女人！」

大陸尋奇

在大陸，因為當局施行低消費政策，所以一般市民手裡，常常握有一大堆的低額鈔票，從一分開始，一直到五元，花樣繁多，辨認不易。這些既爛又髒的錢，不隨身帶不行，帶了又令人惡心，只好硬著頭皮往皮夾子裡塞。

有一回，看到一位老大娘，在北京，從懷裡掏出一個乳白色塑膠紙小袋，然後揀出一張張毛票來，指法嫻熟，熟極而流。大陸婦女不興帶皮包，她用這種方法來「對付」那充滿著資本主義社會罪惡氣息的鈔票，令人敬服。

單從毛票（外帶鎳幣）花樣繁多這一小處來看，大陸就是一個官僚主義（不以便民為目的）的社會。像美國，鈔票只有數種：一元、五元、二十元、一百元。最常見的是二十元的，一百元的就很少見，五百元的，簡直是「稀有動物」了。輔幣也只有三種：一分、一毛、二毛五，簡單明瞭，如是而已。而資本主義常被他們批判為鑽錢眼，錙銖必較。深具諷刺性的一點是，把低額鈔票，劃分成這麼多等級，讓人民從小便體認到金錢的重要，得來不易；到手又是這樣腥臭難聞，不忍觸摸，彷彿爬滿了法西斯細菌，也是教導人民資本主義社會罪惡的當局！

也許這樣做，也是深合馬列主義辯證法精神的：一方面要人民鄙視金錢，因為錢的確是髒！一方面又咬牙切齒地使用著它；就在這詛咒的當兒，想出一個替代鈔票，也就是不必用錢的制度，那就是真正造福人民了。

這只是我做一個文人、書空咄咄的無聊想法。也許當地的人民，並沒有像我這樣感到不便！

「擁護共產主義的人，窮了；討厭共產主義的人，反倒富了。」這是我到大陸以後，聽到的一種言論。說這話的人，是經歷過許多滄桑、閱歷甚深的朋友，是從舊社會活過來的有文化的人。聽了，真讓人感到啼笑皆非，加上無奈！

這話的背面意義，不難辨識：大陸已經逐漸從一個共產主義社會，轉變成為所謂社會主義「市場經濟」的社會了。以前深信毛澤東所倡言的「窮為貴，富為輕」、「一窮二白」教條，現在死守著一個月五、六百元人民幣的主義信徒，自然無法與那些有生意頭腦、懂得搞市場經濟的「壞分子」相比了。而這些以前要受到批鬥的黑五類，如今搖身一變，變成了滿身銅臭的暴發戶，怎不令人感慨萬千、悔不當初呢？

六月中，我剛抵達上海虹橋機場，就遭到兩名外幣「黃牛」滋擾，說來慚愧，她們還是女同胞！她們一聽我是老上海，越發「牛皮糖」般黏了上來，抵死要跟我調換外幣（美金），說是家裡有小孩要留學，這話與「家有八十歲老母，需人奉養」，同樣缺乏說服力。誰知我這位「老先生」也是有備而來，因為早就聽人說，大陸上的外幣「黃牛」多半是老千，千萬碰不得；要換張張不假的人民幣，得尋找可靠的管道（因為美金的政府掛牌價與黑市價，相差幾達一倍！）所以不為她們的利口動心，抵死不從！正在爭吵不休的當口，來了一位穿著制服帶槍的武警，總算把兩位需外匯孔亟的女同胞嚇阻了開去，我這才如釋重負，提了笨重的手提箱，排隊去等候計程車。

那時候，聽說正當大陸上外匯（美金）行情最緊俏的時節，等到我七月初，離開北京，外匯已經下降，不再那樣飛揚了。

在飛揚的時刻，我們這批外來客，所到之處，就像是一堆腥臭的魚蝦，引來了無數的蒼蠅蚊蚋，揮之不去：「先生臺灣來的吧！有外匯吧？一塊錢十塊，換不換？」

對付這樣的「黃牛」，只有一途——他們告訴我：搖頭不理！雖說板著臉，他們還是滋擾不休！

最有趣的一次是在北京的「定陵」（明成帝墓），買完了參觀券，一大堆「黃牛」擁了上來：「先生，有美金嗎？一塊換十塊！」另一個接著說「十塊五，換不換？」又一個說：「十一塊，怎麼樣？」

這樣「你追我趕」，爭相抬價、哄抬的結果，我最後聽到的一個叫價，是「十二塊五！」

這時我已經快進入定陵的軋票口了。

若是不帶有色眼鏡（我們外地去的人，恁誰都會有一副「有色眼鏡」吧？）去瞧，大陸社會的確是面臨著一個轉型期：商店裡堆滿了各式各樣的商品，等待消費者的光顧，在人民幣大幅貶值的時分，這些品質一點不差的商品，變得又好又便宜，簡直樣樣都好，樣樣都想買，更恨不得能身輕如燕，自顧自飛著回家，不用塞進行李，把箱子撐得飽突怪異，變成了狼犺巨獸，推挽不動！

在上海，我買到世上最廉價的燻魚，一斤三塊五人民幣，折價成美金是三毛五！三毛五美金，買一斤貨真價實的燻魚！這價錢只有上海才有！

他們的水蜜桃北京、上海都有售，一看產地是安徽。水蜜桃的確入口即化，而且又甜又沒有農藥。在臺北，白中泛紅的水蜜桃是日本來的吧，放在彩色繽紛、裝潢精美的禮盒裡，是水果行的貢品，不是大眾的消費品。

還有鯉魚，北京的鯉魚，北方的鯉魚，不知吃甚麼飼料長大的，味美肉腴，一點土腥味都沒有。在美國，鯉魚（carp）抓來了只配放生，不能烹煮，因為滋味太不妙了，真是「物在他鄉，不是故鄉味」，這事不行過萬里路，是「覺」不出來的。

當然還有那真絲汗衫、真絲襯衫、真絲西褲，浙江出品，又輕又軟，價格也是輕輕的軟軟的，抓起來令人放不下手……。

啊，大陸，大陸，我夢寐中去過無數次的故鄉，我對您的批評也許太過份了。洋人有一句話說得好：「這是一種愛與恨的關係（This is a love – and – hate relationship）。」我想這時用來形容我的心情，是很適合的。

啊，大陸，大陸，您要我說些甚麼好呢？

也許，「沈默是金」，甚麼都不說，反而是好的了。

可憐天下女兒心

在美國，修習中文的白人，多的是不認同美國主流文化——有人稱之為「麥當勞文化」的異議分子。記得有年班上來了位選修「獨立課程」（independent studies）的白人女生，因為每星期定期見面一次，難免談到她的家庭背景。她像一般美國大學生，來自中產階級；父母也像一般中產階級，早經仳離，母親再嫁，有位義父，所以她在十多歲時便開始學習中文，時斷時續。她說義父待她不錯，母親也好，但語焉不詳，猜想她學中文，是一種抗議（叛逆）的姿態。

她說，在中（北京）美建交伊始，她便去了北京，她常常取笑當地公務員服務態度，動不動就說「下班了」，似乎是北京一地公務員的口頭禪。彼此逐漸廝熟後，有一天，這位洋女學生忽然問起我，猜得出她離開中國的原因嗎？我猜了幾個，她都笑說不是。然後告訴我，是腸子裡長了吸血蟲，那是她去華中一帶染上的。怎麼治好的呢？我吃了一驚，故作鎮靜地問。起先看醫生都看不好，後來不知甚麼人告訴我，說吃生大蒜會好，於是我吃了，大量地吃，好了。她笑著說。我不能想像一個洋人的嬌小姐，掩鼻吞食生大蒜的可憐可笑模樣，也跟著她駭笑，心裏不免想：這大概是她的叛逆行為，必須付出的代價吧！

回到國內，班上的女同學佔絕大多數，她們也像我從前那位白人女學隸一樣，正當妙齡，但看來似乎快樂得多，因為總是面帶笑容。於是，有一天在班上，我出了一個題目，要她們用英語來談談自己的父親。起初她們有點遲疑，經我再三勸服，終於肯了。一談之下，也使我大吃一驚。這些看似居住在象牙塔之內的無憂氏之民，十之八九父親都有問題：有的在事業上出過紕漏，被人栽贓坐過牢，有的與她們的母親是老少配，與女兒更有「代溝」（這還算是好的）。有位女同學說，她的母親很怪，有一天發起脾氣來，將稚齡的她，整個的頭浸在洗臉盆內，差一點被淹死，要不是她爺爺去報警。這不應驗了電視廣告上的一句話：「心情好的時候是寶貝；心情不好的時候就倒楣了。」又有一位女同學說，她母親一向好好的，做家事從不抱怨；但從去年夏天起，她開始罹患了一種「躁鬱症」（Melancholia），其實也許就是一般所謂的「神經崩潰」（nervous breakdown）。她時常心生幻覺，以為她兒女遭到横禍，不再認養她，追根究底，是長期對婚姻（父親）不滿而觸發的心理病。更有一位女同學說，她父親人好但命運不濟，事業一直不順，結婚三次都告仳離。她畢業後一定要好好賺錢，照顧父親。她男朋友的母親為此大加反對，不願與這種人家結親。她一面說，班上一位女同學便開始淌眼抹淚，輪到她起立發言時，她談起有位好父親，母親是房地產商人，晚上常常要跟顧客應酬不能回家。於是，她父親（說到這裡，她哭起來）開始酗酒，酒醉的時候特別可怕，還要開車，祖父母勸誡也不聽，而父親才四十二歲。說到這裡已經是泣不成聲……

魯迅說，「閱讀《紅樓夢》，方知世上有這麼多不幸的人」，而《紅樓夢》寫的是一個錦衣玉食的貴族之家，何況是飛入尋常百姓家的燕子？中華女兒都不會採取叛逆的姿態，像我從前教過的白人女學棣。總括一句：她們的言外之意是，看到父親是這副模樣，真使她們對婚姻怕怕。地緣的數萬里相隔，並不能使這一種類似愛滋病的普遍「症候群」，在此地免疫不發。我不免要慨嘆一句：啊，這真是「可憐天下女兒心」！

我到上海挖老歌

我最近做成功一件事，近似王維在他〈終南別業〉一詩所吟唱的「興來每獨往，勝事空自知」，這是一件甚麼事，值得這樣大驚小怪的？那便是我在上海某一圖書館內，挖到了一百零四首老歌。

所謂老歌，是指在民國三十八年前流行在大陸地區的一般歌曲，其中大多數以通俗性為主，但也有藝術性較強的，譬如說，女高音郎毓秀（資深攝影家百齡人瑞郎靜山先生女公子）所主唱的一些歌曲，統統是用所謂美聲法唱出，應該稱之為藝術歌曲，在民國三十八年時期的大陸，劃分並不這樣嚴格，它們統被稱為「流行歌曲」。

這些歌曲能夠有一天，呈現在聽眾朋友前面，真可謂得來匪易，是我花了九牛二虎之力，爭取來的。

不過，話又得說回來，此刻我手裡所擁有的，不一定是唯一的海內（外）孤本，說不定在天涯海角，有人就擁有一套更完整的「秘笈」，那麼我此時的沾沾自喜，就顯得有點愚昧無知了。

本來，世上原無事，庸人自擾之，這些早已被人遺忘的歌曲，靜靜地躺在古墓裡，並沒有待善價而沽，是我自己找上門去，強行將它們挖出土，而「守墓人」對我的異常行徑，自然充滿疑懼，千方百計想擋駕，怕我「奪」寶成功，拿到海外去博取厚利，也是情有可原的。再加上經過文革滌蕩後，大陸上誠與信二字掃地，人人學會一套花言巧語以圖倖存，我的一片由衷之言，又怎能讓人輕易取信？

我原以為區區幾張斷章裂紋的唱片，能值幾何？衹消交給我的駐滬「代表」——現在上海師範大學執教的老友朱乃長兄去全權處理就結了；於是，申請書（附帶一份歌曲名單）託朱兄遞了上去，誰知一等半年，音信全無。

託朱兄去打聽，他家住在漕河涇區，原屬上海縣，軋一趟公共汽車下來，花費掉大半天時間；若坐計程車來回得花五十塊人民幣，這筆花費大得驚人，朱兄實在負擔不起。朱兄義薄雲天，為朋友事粉身碎骨，在所不惜，於是往返坐巴士折騰了幾趟，從副主任吳先生那兒，打聽到一點端倪，說是這些唱片是可以轉錄成錄音帶，出售給海外「愛樂者」的——在「國內」，是專門出借給拍攝「解放」前的影片，作背景音樂用的。但是，鑒於唱片年壽已高，最年輕的也年逾半百，為了加強維護，現正在將所有的高齡唱片，一一轉錄成磁帶之中。請朱兄——也轉請在臺北的「某」教授——稍安勿躁，一俟唱片轉化成另一型體後，您們的小小要求，就可以照辦如擬了。

朱兄是老實的讀書人，往返奔波了幾次，吃了個定心丸——後來才知道是上海人打話的「空心湯圓」，回來後給我洋洋灑灑寫了一封信，要我安心地等一陣子。我也就信以為真，不疑有他，將此事撂在腦後，繼續忙碌自己該忙的去了。

這樣，一等又是半年，從申請的時間開始，一年的時光擲下去了。

這期間，唱老歌的健將嚴華（男）、白虹（女）相繼在上海、北京兩地去世；嚴華我在民國八十年還訪問過；而白虹因為一再蹉跎，竟然緣慳一面，再加上鵠候了許久的老歌錄音帶消息沈沈，我心中的挫折與沮喪，是一言難盡的。

老朱家裝上私人電話了，這是個天大的喜訊！從朋友那兒間接打聽到他的電話號碼，一通電話打到上海去，得悉他又替我跑過好幾次腿了，連他的夫人孟蕾女士也加入了追索的行列。因為家中新置了電話，她常常在老朱去上課的時辰，打電話到圖書館去追問「某」教授申請錄音帶的下落。電話溝通之下，我一方面感激老朱夫婦不盡，一方面信心大增，心想再耐心地等候一陣子，一定會有好消息了。

誰知聊到最後，老朱吞吞吐吐地向我透露，這圖書館的老吳同志可能有難言之隱；因為我一次申請的歌曲太多，多到一百餘首，他怕我有不法的意圖，又不好意思正面拒絕我，所以採用了一個「拖」字訣，用拖延的手法，來冷卻我需索的熱情，最後熱情消退，知難而退，他也就「不戰屈人之兵」，了卻一樁公案。

老朱的話，把我一番火熱的心，推翻到冰窖裡去，所以他後來繼續說的一條「亡羊補牢」之計，我當時竟沒有完全弄明白，等我昏昏沈沈掛上電話，痛定思痛以後，方才回味過他的意思來。

老朱說，他曾經跟吳同志手下的一位老葉接觸過，要他幫個忙，老葉答應了，說「他的朋友」有這些唱片，可以代錄。老朱代我做主，對老葉說，「他的朋友」想多要點酬勞，是沒有問題的；因為「某」教授急等著要用這些材料呢。老朱安慰我說，過幾天再打電話來吧，說不定就有好消息的。

一個星期過後，我再掛長途電話到上海去，這次消息不太妙了。老朱說，葉同志又變卦了，「他的朋友」不想替我代錄了；花錢也沒有用；葉同志無意賺錢。如果不通過正常管道，這幾卷錄音帶甭想要了。老朱言外之意，勸我就此休兵吧！

老朱的話，除了使我感到徹骨冰冷以外，一方面也驚悟到：這樣的遙控只有越來越離題萬丈，問題不會得到解決。唯一的正確途徑是自己親自去一趟上海：即或弄不到這一百首海外「絕版」的老歌，至少可以弄清楚問題的癥結所在，以為下次辦事的借鏡。

剛好手邊有一個星期的春假，於是，青年節那天，我單槍匹馬飛到了上海！

到了目的地，事情果然順流直下！中國人的古話一點不假：不入虎穴，焉得虎子？當然，事情依然是迂迴曲折的，但已經不再是離題萬丈了。甚至連乃長兄，也變得面目清晰可見，不是一個模糊的帶點緊張的聲音了。

經過協商後，我們決定採取中國人最傳統的辦事方針：請託關係人士，從中關說，剛好乃長兄有位學優而仕的同事陳教授，現在上海市府工作，位居要津，於是我們聯袂拜訪了他，陳說苦衷，同時面陳了小書《流行歌曲滄桑記》，證明在下的確是文化人，不是臺商。陳同志滿面笑容，答應待會兒叫另一位同志打電話到圖書館去問問，看情形怎麼樣。

就這樣一通電話，打通了任、督二脈，我們也很順利地看到了吳副主任，是一位口才非常犀利、親切友好的幹部。他說圖書館裡的舊唱片，來自文革的燭火，換句話說，它們是劫灰飛盡後的「餘燼」；其餘的，很抱歉，我估計起碼有兩三百張吧，就不知所終了。吳同志很熱心，聽說我想訪問黃貽鈞教授——原來就是他在上海音樂學院的老師——立刻找來了黃教授的地址和電話；又說錄製這些破舊的老唱片，工作繁瑣辛苦，不過一定盡力為之。也許，在一個禮拜後，我打道回臺時，有一部份帶子已經錄好了，讓我帶回臺灣去，先過過癮，嘗嘗鮮。

但是，一直到我離開上海，都沒有見到帶子的「倩」影。回臺後，兩番三次打電話給乃長兄，得悉負責錄音的老葉，先是看病，後來又得到一個休假的機會，要到黃山去看風景，這件任務便擱下來了。接下來，剛巧碰上了第一屆東亞運動會，老葉被調去協辦亞運，自己的業務只好擱在一邊。兩個月後，我在國內一個文化單位申請到一點補助，又去上海、再去北京訪問老歌耆碩，這才毫無障礙地拿到這一百零四首歌曲的帶子，距離我初次申請，少說有一年半的時間。

喜歡真正老歌的朋友，現在有福了。九月裡，我在某電台開闢的「水晶談老歌」節目，薪傳得以繼續，不用炒冷飯、和稀泥，真是開心。附帶告訴喜歡聽老歌的聽眾朋友，你們日夜懷念的「燕雙飛」、「飄零的落花」、「滿園春色」、「杯酒高歌」、「木蘭從軍」、「漁光曲」、「牧歌」、「西子姑娘」、「桃李爭春」、「何處是青春」、「湖畔良宵」、「荔枝紅」、「愛的波折」、「小小雲雀」、「玫瑰花」、「唱不完的郎」、「湖畔四拍」……全部給我找著了。九月初，金風送爽的時候，讓我們一同來分享這一場史無前例的真正老歌的饗宴吧！

母語的障礙

我回歸臺灣三年多了。我剛回臺灣的時候，滿嘴都是洋文，動不動洋文便衝口而出，拚命往下憋的結果，是久久說不出話來。有一次，去日用品雜貨店買「延長線」，想了半天想不出來，結果還是說出 extension cord 這個胡語，對方還是不懂，弄得彼此都尷尬。

我雖然在美國教中文，因為時間久了，詞彙和語法，不可能不受英文的影響，雖然我把自己說的中文盡量漢化，有時還是力不從心，最諷刺的一點是：我還算是一個用中文寫作的作家。

譬如說，有一次，坐公共汽車，身上就是找不出十元輔幣來，只好硬著頭皮對司機先生說：「對不起，先生，我沒有帶毛毛錢。」（毛毛錢即英文的 penny）。司機先生瞪著眼，臉色非常難看，以為我在那兒開他的玩笑，幸虧有位好心的乘客拿出十元來，替我解了圍。

後來，我方才明白：毛毛錢應說成「零角」，對方才聽得懂。久居此地的朋友告訴我，車上不是有一張告示牌說「敬請投現，恕不找零」嗎？正經來說，毛毛錢應說成是零錢才對。

我後來又有一個發現，「零」字在臺灣是廣泛運用著的：除了零角，又有零碼（多餘下來的犧牲品）、零成長、零車禍、「零號」；電視用語也使我懵懂，甚麼是「角逐」、「查緝」、「放鴿子」、「亮票行為」，聽得一頭霧水。最有趣的一次是：我在一家雜貨店內問老闆：「你有沒有蚊煙香。」老闆完全不懂我的意思。我想糟了，這次連英文也幫不了我的忙了，因為英文詞彙裡是沒有蚊煙香這個字的。

我只好作出冗長的解釋，說是有一種香是鱷魚牌的，點起來可以趕蚊子。

老闆終於頷首，隨手抽出一盒子來，真是易如反掌。我買了蚊煙香回家，求教於「本地通」專家，他笑著向我解釋，我多用了一個字，本地人只說「蚊香」，從不說「蚊煙香」，誰教你多加一個煙字的？

真是增一分則「不懂」。這一種經驗是住久了美國的人很難遇見的。

語言裡有很多忌諱，我也不懂。美國有一種很普遍的蔬菜叫 broccoli，我很喜歡吃，在市場上看見了，指著問老闆：「這椰菜花多少錢一斤？」

賣菜的小姑娘抿著嘴只是笑，我想自己這次絕對沒有說錯，這一臉調皮相的淘氣小姑娘在笑甚麼呢？是笑我的衣著顯得太年輕嗎（那天我穿了一條牛仔褲）。回家後，一問之下，方知這次不是用錯了詞彙，而是把不該說的字眼說了出來。

同住的室友指點我，我應該說花椰菜才對，「菜花」是一種極普通的性病，所以應該忌說。這「禁忌」太豈有此理了。我的中文真是落伍了，幾乎到了動輒得咎的程度。更不必說，在我濫竽的那所大學裡，我鬧的笑話更是一五一十。有一次，一個女學生在她的期末考卷上這樣寫：「老師，這學期我快畢業了。不要當我呀！」

甚麼是「當」我？原來是不要 flunk 她。而且，她的需求並不大，她只求「低空飛過」（僅僅及格）而已。

釘鞋・雨傘・我

我寫過一些讚美臺灣的文章，那是因為住久了美國，像是住在別人的屋簷下，不得不低頭，因而興起了葉落歸根的念頭。其實，我的家鄉在蘇北，小時候住過上海、南京，甚至重慶——我根本是個無「根」可歸的人。

在臺北一住三年，除了寒暑假，不可能不發現她的缺點，所以，尋「根」的蜜月過後，此刻是我跟她鬧彆扭的時候了，說幾句她的壞話，也是人之常情吧！

我覺得最不能忍受的，是臺北的天氣。

臺北的天氣，不是失諸熱，就是失諸冷。逢到十月一過，一般人就安慰性質地說，該是好天氣來了，偏偏又常常下雨，那時候管天氣預報的小姐（先生甚少）就會用一句Cliche（濫調）來概括形容即將到來的天氣：「晴時多雲偶陣雨」。於是，我嘆一口氣，拈起了我雨傘，也增加了我行囊的負荷。

我最討厭「晴時多雲偶陣雨」的天氣，而不討厭「東北季風」，打一個不遜的比方，這時候，天氣不是天威莫測的暴君，而是防不勝防、對他無計可施的小人。望著那乍暖還冷、似晴猶陰詭異的天色，我想起《儒林外史》裏的一句話：「晚娘的拳頭，雲裏的日頭。」

淡水（一個我常常要去的地方）到了冬天，簡直變成了「雨中花」；淡水又名水碓子，亦名滬尾，連帶現名，都與水有關，這水除了暗喻濱臨海邊以外，可能也明示淡水雨量的豐沛吧？

剛才提到的「雨中花」，如果借用張愛玲一篇散文裏的句子來敷陳一番，也許會使得雨中的淡水，美麗一點：「白底子上，陰戚的紫色的大花，水滴滴的。」

淡水的雨天，常使我想起電視機裏做除濕機廣告的一個畫面：整個的房間，包括四面的牆、沙發、檯燈，倒捲過來，然後，一隻無形的大手，將房間的水一滴滴擠出來，擰乾。

可惜這種超人式的利用電腦科技製造出來的大手筆，是凡人辦不到的。

坐在開往淡水的校車上，一位胖嘟嘟在中文系任教的同仁，自言自語地說：「我的房間在滴水了。」

也許這話是衝著我說的，我心中暗驚，可我不知怎樣安慰他，沒有接碴，也許我跟他一樣也正需要別人的安慰呢。

胖教授對天氣的抱怨，使我想起杜甫〈秋興〉八首中的一句：「永夜雨（角）聲悲，自語。」

底下的一行警句，也應該改一個字：「中天月色無（好），誰看？」

有時候從臺北出得門來，天色尚佳，往往就忘了帶傘；坐在校車上，烏雲漸合，天色暗了下來。「說時遲，那時快」，抵達校園時，雨勢已成滂沱，於是淋成落湯雞的時候，所在多有。間或在淡水上車時有雨，到臺北時又遇上無雨，這還好。最糟的是從淡水出發時無雨，心想這次不帶傘，總算萬無一失了吧？偏偏到臺北又雨勢如麻，行不得也哥哥！

受盡了天氣的折騰，這時候，脾氣再平易的人，也會怨天尤人（己）吧？

於是，我逐漸養成一個習慣：出門必帶傘。

關於傘，古老的中國人，有一個古老的笑話：一個頭陀出門，帶著雨傘，穿著釘鞋，大概他修行的地方，也像臺北，或者淡水，經常下雨。有一天，他念叨著「釘鞋‧雨傘‧我」這句他見景生情編出來的偈子，念來念去，竟然發現不是少了一個我，就是少了雨傘，或是釘鞋。在臺北，帶著雨傘，穿著晴雨兩用的橡膠鞋，我常常情不自禁念叨老和尚說的偈子：「釘鞋‧雨傘‧我」，「釘鞋‧雨傘‧我」。

念久了，真的會物我相忘，常常以為自己身不由己；或者，手裏拈著的，不是一把雨傘，而是他物。

這個古老的故事，是深深有著禪意在內的。也是到了臺北，遭遇到不測的風雨日久，才使我體會到故事中含藏的禪意。

老和尚時時唱著「釘鞋・雨傘・我」，也許是提醒自己，不要忘了自己是穿著釘鞋、帶著雨傘；而實際上他念茲在茲的，是身外之物；這是阻撓他修行的物障。要克服物障，就必得忘卻身外之物，當然，也得忘「我」。可憐的我，也像那老和尚，沒有慧根，只是個可憐的凡人，又住慣了物質主義氾濫的美國，事事講究舒服，人性早已「物化」，要我每天帶傘、不帶傘；或者帶了傘，又忘記拿；甚至於一不小心，把傘遺忘在店門口、餐廳的雨傘架上、家中、校裏，或者校車上，要用的時候遍尋不著，都屬於我的苦惱。要克服這種苦惱，除非放下雨傘（苦惱），扔崩一走，回到我的來處——洛杉磯去！

洛杉磯的天，雖然是燥藍色的不常下雨；可是因為空氣污染，有時候是灰藍色，或者一片濛濛的藍，彷彿「玉生煙」！也不是甚麼理想的去處！

看樣子，我這句「釘鞋・雨傘・我」的偈子，要繼續不斷的在臺北淡水間唱念下去了。念久了，也許有一天，我會產生「頓悟」，也說不定的。

我企盼這「徹悟」的一天早日來臨！

莫忘今宵

日來浙江千島湖爆發了遊艇失火，燒斃二十四名臺胞的慘案，在我執筆寫此文之時，血案尚未破。其實，去年春假伊始，我單槍匹馬，闖關上海，在半夜的計程車上，尋找下榻之處，也曾遇到類似路劫的情事。若非半途裡殺出一個程咬金，救出老身，我此刻是否能安坐在書桌前，寫這一篇歷險記來，恐怕是一件令人置疑的事。

當事件過後，我痛定思痛，再省察一遍自己的過錯時，逐漸醒悟到：佛經上說的警戒貪嗔癡愛的話，的確是有幾分道理的。

也許我是太過癡愛流行老歌了？

話說去年春假，我因為向上海有關方面，三番兩次申請一百多首老歌的原音資料都不得要領。俗語說，「夜長夢多」，又說「不入虎穴，焉得虎子？」希臘神話也有詹森王子遠適蠻荒尋找金羊毛的故事——我就是抱著以上這一種試探的心情去上海的。

坐在飛機上心情還極好，身旁是衣冠楚楚香港上海人，他們的皮膚較旁人為白皙。手上戴著的金飾，珠光寶氣，到底是上海人。盈耳的鄉音聽來分外悅耳，予人以回家的感覺。其實，說真的，回到上海，我家在那裡？

空服員分發給大家看的報紙四開的，像從前流行在上海的方型報，報名《新民晚報》，雖然印滿了簡體字，捏在手裡，既陌生又熟悉∶這是一種極微妙的感覺；只能意會，不能言傳。

下飛機後，辦完驗關手續，已是晚間十點左右，空洞明亮的虹橋機場，乘客在行李運轉臺揀取到各自的行李後，紛紛步出機場，一下子便作鳥獸散，走得精光。

只有我獨自一人像一件遺忘的行李，被拋落在虹橋機場，旋轉臺已停止了運作，我的行李沒有到！後來我才知曉，行李從臺北直掛上海是不行的；必定要在香港機場提出來，再接駁一次才到得了上海。我就是在上海等了一週才取回那遲到的行李。

機場年輕的工作同志都很忙碌，也無暇詢問行李遲到的原因，便要求我填寫一張報失單，簽了字，交上去。我驀地從一個充滿幻想的還鄉遊子，變成一個暫時無處可投奔的流浪客。

眼看著機場燈光一一熄滅，我拾起隨身攜帶的背包，裡面有我的護照、美金匯票。

不知從那兒看來的一則消息，說是上海的經濟大幅成長，已經今非昔比，經濟一好，住處自然容易找，打電話大概也容易。何況上海像紐約，是國際大都市，儘管身無長物，那隨身的背包才是真正的百寶箱，捨棄不得，所以我始終將它掛在肩上，小心翼翼。

四月的上海夜空，是一方潔淨的黑絲絨，沒有風，也無料峭的春寒，我想雖然暫時失去了行李，略感不便，這明淨的天氣便是一個好兆頭，也許此行所尋之物會有下落了。

空蕩蕩的機場已經杳無一車，只有較遠的地方偃臥著一輛黑色的轎車，我心裡一喜，小步向它奔去。幾乎是同一時間，車腹裡鑽出來兩個年輕人，他們用上海話對我親切的招呼：

「老先生，快上車來吧！你要到啥地方去？」

我毫不猶疑的一步跨上了汽車，一上車才恍惚記起車牌是杭州市的，心裏略一猶疑，但轉念一想，臺北市不有時也有基隆、新竹來賺外快的野雞車嗎？便也沒有把此事放在心上。

開車的司機跟他的合夥人都是善談的人，使我想起臺北的計程車司機，常常客串政論家，有時也能談言微中的故事，因此也不以為異。我看到虹橋路兩旁豎立了許多第一屆東亞運動會的廣告看板，還有一些熊貓標誌，便興奮的東問西問，不過兩位青年人恰恰相反，對老朽的興趣顯然有勝東亞運動會。在兩人「你追我趕」式的套問下，終於拼出一幅生平的剪影來：自小生長在上海，少小離家，早已落籍美國，如今在臺灣教書，此行是為文化業務而來，而非臺商。

兩位青年人是用唱雙簧、說相聲的方式將我的生平套引出來的。一方面他們不斷加著「按語」：「這種事叫一個後輩來做就好了，老先生何必親自出馬呢？」言下頗有惋惜之意，而且一再重複此句。是不是因為老朽言談中的誠懇：為了一點歷史上的文物資料，專誠來上海搜尋，感動了他們，後來將兩人的盜心轉變成仁心？還是他們原本是普通生意人，並無下毒手之意，這就不得而知了。

當然，上車的時分，我就直接吩咐二人，把車開到淮海中路去，我想在那兒選一家旅館下榻，次日就近去那個文教機關辦事，豈不方便？誰知我的上海話早已老朽不靈了：淮海路說成是威海路（即昔日之威海衛路）。一番圈子兜了下來，我發現路名報錯，立即吩咐他們再兜回來，一個鐘頭已經過去了。

車子折返淮海中路（即舊日的霞飛路），深宵的上海街頭——即使在昔日如彩虹臥波的霞飛路，也是路上行人欲斷魂，只有在公共汽車站前，暗澹的燈光下，還麕集了一些夜歸人，公車一來，立即一擁而上，一副深怕搭不上車、回不了家的模樣，看在眼裡，想起自己孤身瑟縮在計程車一隅，不知今宵投宿何處，不免越來越心焦，同時一絲害怕也襲上心頭。

此時兩名司機同志也正式提出了要求，說是家裡有人在廈門做生意，需要臺幣，想用比市價高的價格跟我掉換。又問沒有臺幣，有美金也行。反正我身上的錢他們都有興趣。這時我無名的害怕已經凝聚成一個硬塊，梗在胸口了。我深悔自己莽撞，不先打探一下便上了這輛黑車，英文有一個名稱，叫「熱」車（hot car），倒很貼切！

「熱」車使我渾身發熱，坐立不安。不過，我畢竟是個見過世面的人，便若無其事的說：「美金沒有，台幣倒是有，不過不多。現在我很累了，請你們先替我找家旅館，有了住所，我一定換給你們。」

這句話似乎是個定心丸，他們聽了，把車停下來；坐在司機旁邊的年輕人跳下車去，片刻又跳上車，說是問過了，沒有空房，都租出去了。一面又好心的向我解釋，說是上海因為五月裡要開東亞運，旅館滿緊張。

開到另一條路上，連問兩家旅館——也不知是不是招待所？都回說沒有空房。事情顯得有點蹊蹺，我開始對這位同志投下了不信任票，於是我建議，下次停車的時候，由我陪他一同去問，他們倒很爽快的答應了。

一問之下，答案絲毫不假：那司閽模樣的老頭子，坐在黃黯的燈光下，像是睏著了，回答的時候，連頭都沒有擡：「沒有！」

回到車上，我心想不妙：這兩名年輕人在拖行「拖刀計」嗎？拖到午時三刻，圖窮匕見，他們就不再客氣，老頭子，看刀！還有，他們是不是在串演一齣戲，像平劇裡的「烏盆計」？

啊！這太可怕了。為了幾條早已湮滅世人不復記憶的老歌，命喪黑夜的上海街頭，值得嗎？

這時好友朱乃長的名字，燈塔一般在黑暗中亮了起來。對了，我這次單槍匹馬來上海，原本是來「投奔」他的。朱兄在上海師大任教授多年，是我臺大時同學。我原想住所安頓好了再去打擾他的。現在事急矣，再不向他求救，恐怕……恐怕……於是我大膽的向我的「衙役」，提出了我的要求。

他們說好，又好心的問，有這位朋友的地址和電話嗎？我說有。於是他們駛過兩條路，拐了個彎，在一條黑弄堂口停了下來，由同一年輕人陪我去打電話。

上海沒有公用電話亭，這是我從來沒有想到過的。所有的公用電話都設在以前看弄堂人住的小屋內，入夜便上了鎖。年輕人居然有辦法把那「看更人」找了來，付了費，以一個小小的鎳幣。

通完了話，熱心的朱兄叫我事不宜遲，立刻到他家去，又珍重的問起我此時通話時的電話號碼和地點，彷彿是美國或者臺北的電信局，怕我打完了長途電話，不認帳似的。

我把電話號碼告訴了老朱，心想多年不見，老朱這人怎麼變得婆婆媽媽起來？後來方知老朱此話暗藏玄機，極似武俠小說裡救人一命的神咒，當然我當時懵然不知，事後才佩服老朱的神機妙算，功力深厚，為我所不及。

這一切都看在陪我通話的年輕同志眼裡。

我步入汽車，剛暗中舒了口氣，就覺不對了。黑影裡竄出兩三條綠林好漢，手裡攜著械，也不知是不是鐵條，還是木棍，還是更凶猛的武器。他們聲勢凌厲的敲打著車門，或是地面，說要借這輛車用一用，又高聲吆喝著：「車上的臺胞老先生，勿要怕，阿拉載儂去儂要去格地方。」

我第一個不可理喻的念頭是：糟糕，我今夜遭到綁票了。這兩名貌似謹愿的年輕人，是想把手上的肉票「放鴿子」，交到比他們更凶惡的綁匪手上去嗎？這種新聞在流氓統治下的舊上海是經常發生的，想不到，在「解放」半個世紀後的新上海，也……

汽車在他們吆喝下彷彿也在那裡瑟瑟顫抖著。我急得一句話也說不出來。剎那間，我真想打開車門，奪門而逃。也許，這正是車外的路匪，巴不得要我做的。那麼，還是躲在車裡，以不變應萬變吧！何況前面還有兩個人……。

兩名同志倒是鎮定，司機緊抱著駕駛盤，他的助手也筆直的坐著，誓不下車。

他一面沈著應戰，一面用上海話向車外嚷嚷：「儂勿要亂來，車子裡坐勒是臺胞，晏歇府（等一會）公安同志來了，儂勿要跑！」

祭起臺胞、公安同志的法寶，對方都不怕。我想完了，下一步他們大概就是打碎玻璃窗，把我拖出車外，進行洗劫，然後……反正都是他們自己人，包括那兩名杭州來的外鄉人。

忽然，吵鬧聲戛地靜了下來，不知從那裡又跑出來一名中年人，穿著西裝，打著領帶。看來像是舊社會的龍頭老大（流氓頭子）。他揮揮手，兩三名鼓噪得正兇的年輕人，機器人似的停止了一切火爆的語言、粗魯的動作。

這一切都是事先預演好的嗎？那混混頭子為甚麼先給我們一個下馬威，後來又改變心意，讓我們在深夜時分，表演了一齣「捉放曹」呢？

是不是車上的年輕人，向他們施放了一個暗號：車外的流氓，包括那混混頭子，覺得「肉頭」不大，不值得大幹一場，因而「放行」了呢？

為甚麼他們追殺追打，是在我跟老朱打完電話以後呢？打電話是不是也是一種暗號呢？

還是，我這個人的命向來是「雖有小人播弄，終能逢凶化吉」呢？

事後，跟朱兄談起這段上海午夜驚魂的事，他說他愧為老上海，也不大明白。「不過，看來他們要搶你是搶定了。至於他們為甚麼要放你一馬：第一，你打電話給我是對的，因為我知道你來了，也弄清楚你的下落，他們不敢。這裡公安局查出來是要重罰的。還有，可能你的上海話救了你，上海人你知道的，是欺生不欺熟，對自己人，會客氣一點。」

真的嗎？我想不但老朱，連我自己也不知如何解答呢？

※註：「莫忘今宵」是首流行老歌，其中有這樣的句子：「莫忘了今宵，莫忘了今宵，我把整個的心給你了，我把整個的人給你了。離了你人生太無聊，離了你世界太枯燥，除了你呀除了你，我甚麼都不要……」用這首歌來狀擬我對老歌的癡狂，應是正確。同時，用這個歌名來形容那晚上的「一夜驚魂」，似也貼切。

巨星之夜

日前看到一個取名「巨星之夜」的電視節目，是為了籌募在宜蘭建校的一所「佛光大學」的基金，而發動臺港巨星參加的一場義演。佛光大學的當然主事人星雲大師，身披鵝黃袈裟，慈眉善目、古貌古心地上臺致詞，以主人的身分感謝五十多位影視歌星的熱烈支持。他的一口蘇北官話，自從郝院長去職後，在媒體久違矣，聞在我這個忝為蘇北同鄉的耳中，如魚得水，血脈暢通。蔣彥士祕書長、陳履安院長伉儷亦為佳賓，中途又添上一位貴客，是吳伯雄部長。

星雲大師、臺視新總經理致詞完畢，這場巨星之夜便開幕了。主持人是臺灣的張魁、香港的曾志偉，他們都是口齒豁脫的名嘴，自不必說，將臺港的名星諸偶像抖腸搜肺地介紹一番，可稱不留餘地。譬如他們先誇說，香港有「四大天王」，於是癡心的電視機旁的觀眾跟我一樣，以為劉德華來義演了。誰知他們只是虛晃一招，用來介紹在臺灣成名的「四小天王」，於是我看到一個個「百子圖」中粉面朱口的娃娃跳上臺去，在燈光與叫囂的音樂聲中，身影扭曲而頎長，歌詞聽來聽去只是一兩句「真言」的重複，但觀眾聽來像是感到奇異的陶醉與滿足，因為不斷有怪叫聲自觀眾席上傳出來，想來同齡的同好者甚夥。這時，電視的導播還不忘將鏡頭掃向貴賓席，因為他們也是主角，照見我們的達官貴人也漸入佳境地欣賞著；有時面帶微笑；間或鼓掌，對於表演者的一兩句插科打諢，也像是會心不遠在揣摩著領會著。

我看了一會，因為怕洗澡水擱久了不熱，便去洗了個澡，擦乾身體走出來，「巨星之夜」節目還在進行。這次簾幔啟處，走出來的是楊慶煌，這位主演過星雲大師原著改編成電視劇「再世情緣」的小生，因為沒有上戲，臉上未塗粉墨胭紅，顯得有點蒼黃，人也不那麼風神俊朗了。明星畢竟是活在水銀燈下的，這話在楊小生身上，尤見真切。

好在楊小生只唱了一首歌，便下臺鞠躬，再跳出的另一位是當今八點檔連續劇的紅牌小生林瑞陽。曾志偉阿諛地奉贈林小生一個綽號「林八點」。小生很謙虛，說他剛錄完了電視劇趕來，現在心神有點渙散，不過忝為宜蘭人，能為家鄉即將誕生的大學盡一份力，不但「應該」，並且感到光榮。

林小生有一雙我不太喜歡的前齒，使人想起卡通動畫中那個多嘴口饞的「免寶寶」；想不到口齒這樣伶俐，我想，能夠被人誇耀成「林八點」，不大簡單吧？

又出來一位歌壇「長青樹」謝雷。他的歌藝自然讓人沒話說。一首「王昭君」唱來不知到底是他唱王昭君，還是王昭君唱他，因為太不像我記憶中的舊曲「王昭君」了。後來，我跟一位喜歡研究「後現代」文化現象的高足，在校車上攀談起來，才恍然大悟，謝雷的這種唱法，才是最合乎後現代精神的，因為他可以借著一個熟悉的歌名「王昭君」，來推銷自己的新歌。現代的藝術統統如此，他又告訴我：譬如說，路邊有個廣告牌：「水雲間」，套用了一部暢銷小說的名字，說穿了不過是一家建商促銷新地產的廣告，只為了好讓看客加強記憶，與那充滿詩情畫意的小說無關，認真起來，也不是剽竊。

此所以我們今日看到的甚麼「戲說慈禧」、「唐伯虎點秋香」、「楊乃武與小白菜」，因為分屬「後現代」產品，全然離了譜、斷了絃，指控它們不忠於原著，那才是指控著自己「做賊心虛」、「焚琴煮鶴」。

我想起兩年多前聽到的一首流行歌「蘇三起解」，竟然與離了洪桐縣的名妓蘇三，完全「風馬牛」，其故在此。

「巨星之夜」的壓軸，是近三年來我目睹到的一場最感人的演出，只見一排排一隊隊的青年僧尼，身披黑色緇衣、鵝黃袈裟，在耀煌耀眼的舞臺燈光下，魚貫走上舞臺，高誦著梵唄曲；雪白的燈光，照見他（她）們剃得發青的光頭，上面隱隱映現著剃度時留下的香疤。啊！是甚麼樣的一種情境，使這些韶華正盛的年輕人，撒手塵寰，決定出家，長臥青燈古佛旁——當然，當今佛光山上的寺廟稍有不同，佛像和蓮座多半是裝金的。然而，我還是抱著凡人的習見，替他（她）們惋惜不止，看到最後，我竟然熱淚盈眶起來，真是不識時務，趕緊羞慚地用手背把淚漬抹了去。

「巨星之夜」同時間內向我們展現了三種年輕人：看戲的很多是學生吧？站在舞臺上的，先是一批年輕人的所謂偶像，他們是那麼的「酷」（瀟灑）；最後，數目更多的，是那些看破紅塵的青年頭陀、妙齡師太；他們同時在幕後也觀賞了偶像們動感十足的歌舞，也見識到青年觀眾如癡如醉的投入與歡呼。他們能完全心如止水、無動於衷嗎？他們曾經熱愛過這些歌舞嗎？

我不能代他們回答。

我們真是處於一個多元化的「後現代」社會了。我能夠平心靜氣不加批判地把自己的感受寫出來，是不是也表示自己是「後現代」社會的一個成員了呢？

理性清潔　感性亮麗

寫小說是一件小事業、大企圖的工作。所謂小事業，是此事怎麼說也是雕蟲小技，但是經營小說的人，企圖一定要大，最好是胸羅萬象，否則，是不足觀的。

小說又是一種批判。第一流的小說家是極具批判精神的。換句話說，小說要站在時代前面，晚一步也不行，跟進一步也不行。《紅樓夢》之所以偉大，是因為曹雪芹是一隻泥蛙，在死水塘裡，夢見天庭裡所有的光亮。

有人說，寫小說是以人物為主，故事為副，讓讀者見識到幾條活潑潑的生命，在那兒不息的嗡動，這就是了。長篇小說也許可以這樣，短篇中篇就不一定了，尤其短篇，沒有故事，簡直提不上手。

佛蘭妮・歐康納（Flannery O'Connor）寫的《啟示》*Revelation*是一個精彩的短篇，主題批判了整個白種人世界自負又醜陋的種族優越感，「企圖大」，那是不在話下了。人物以托賓太太（Mrs. Turpin）為主，她是資本主義社會下全美中產階級、如假包換的五星級代表人物，然而，故事結尾，那反高潮的《現代啟示錄》*Revelation*，讓托賓太太親眼目睹到，不也是情節（plot）受到作者重視的一大佐證嗎？

亨利・詹姆斯的長篇小說《奉使記》（*The Ambassadors*），故事簡單、人物模糊，讀者花盡心血把詹姆斯布下的文字迷障克服後，所得不過是一片模糊的光與影，亟難洞悉男主角史垂澤（Strether）是怎樣一個人，餘如他所偵查的一雙男女：年輕的查德・紐森姆（Chad Newsomme），公爵夫人蒂維也納（Mme de Vionnet），我們也很難了解到，他們兩人的葫蘆裡到底賣的是甚麼藥。這些故不錯置的「敗筆」都毋關緊要，緊要者是詹姆斯寫小說時的一點「慧心」：因為詹姆斯不相信小說家能深入了解到一個人的內心——我們有時連自己的內心都諱莫如深，何況他人？所以，詹姆斯痛下決心，要我們隨著一位五十四歲的垂老鰥夫史垂澤「旅行」一次，萬事萬物都是透過他的一雙眼睛；心理活動也有，但只是淺嘗輒止。細想我們平日的內心活動，不也是這樣的一副調色盤嗎？一切的心理活動，不過是浮光掠影，否則就嫌牽強，並不「寫實」。換句話說，詹姆斯真是一位「知人」，他是採用「知人」的眼光、心意來寫他的小說，藉此說出了他對那些所謂寫實主義作品的一番質疑、一種批判，良法美意，頗堪嘉許，可惜，詹姆斯的這一種理念，今人多已不解了。

暑假，好幾處文藝營及暑期青年寫作班一一舉辦，爰以此文，祝福寫作班的朋友寫出小事業大企圖的佳作來，也盼望早日看到類似詹姆斯這種理性清潔、感性亮麗的小說來。

「心不在焉」的時代

太座常常浩嘆，說住在美國最使她感到無奈的地方，是一般人的「心不在焉」，在辦公室遇到公事，與人洽商，對方答起話來，「人在那兒，心卻不知到哪兒去了。」她說。「恨起來有時真想大叫一聲，請她（他）回過神來，可又辦不到，真急死人！」她又補充一句。這大概是「後現代」社會的一個通病吧？我自作解嘲地安慰太座，也不管她懂不懂「後現代」這個名詞。說真的，我自己也弄不清楚呢！

這兩三年回臺灣來住，太座所詬病的一般美國人的通病倒是少見，心想，畢竟，臺灣這個社會還不夠「後現代」吧？直到最近——

那是去年十二月初，一個普通的「工作日」，我像往常一樣，從住所步行到公共汽車站，準備搭公車到大學的城區部，好從那兒乘校車到郊區的校本部去。

熙來攘往的松江路上有許多站牌，其中有三線可以載我去目的地。——來了，一部車頭上寫明是紅色505的車子斜敧著逼近了來，我跟著三、五名乘客走了上去。

下午的公車不擠，但也沒有座位，乘客則以老弱居多；弱者，可指抱在懷裡的嬰兒。我把身子吊在拉環上，像往常一般，照例做起白日夢來。臺北的街景，說老實的，沒甚麼醒目之處，所以，我常常發現有人在公車座位上大夢周公，尤其可驚的，是做夢的人有很多是豆蔻年華的女學生！

站著做白日夢不大容易。我正在醒睡之間，忽然發現身旁的「阿巴桑」，臉上有一種驚訝的神色，彷彿路上發生了甚麼事，是車禍嗎？我的視線跟著她望到窗外去：陰霾的臺北天空下，車輛行人匆匆趕著路，沒甚麼事呀？我正在狐疑揣想時，車中乘客紛紛嘟囔起來，聽聲音不像鼓譟；原來，車子跑錯了路線，現在我們是在長安東路一段上，而不是應該去的新生南路呢！別小看我身旁的阿巴桑，她是先知先覺者，她大概是第一個發現：司機把我們載入了歧途！

乘客間響起一陣嗡嗡的騷動，臺北的人真是講理的君子，我沒有聽到一句「三字經」！這時候，司機也從白日夢裡驚醒過來，一面道著歉——是第一次我聽見公車司機向乘客道歉！一面把車子停在路旁，讓乘客們下車，紛紛各奔前程去。

他說他開的是49路，49路是去萬華的，但是為甚麼車頭卻高懸著505 的號記呢？

為甚麼會犯下這樁錯誤？無人追問。臺北人太忙，也很有錢吧？誰都不在乎浪費掉這區區十塊錢的車資。

攔截到一輛計程車。在車中，我豁然憬悟到平日太座最愛抱怨的一件事，在遠隔一萬餘英里的東方，也一樣會發生的。

這位司機先生，比起一般人心目中的教授，還要「心不在焉」啊？

這是其一。我的故事尚未完。話說我最近搬家了，新居是一所新房子，房東是公務員。新房子可想而知，有很多後續事務要處理。譬如說，裝電話水電瓦斯之類。做老師是彈性上班，所以，這些不急之務就由我義不容辭地承擔下來了。其中較為費事的是裝設窗帘；好在我不必事必躬親，窗帘（包括臥室在內的塑膠「迷你」簾子）早已訂購妥當，我只需坐鎮在客廳的沙發上，看著師傅安裝妥貼，沒有差錯就行了。

那天是個下雨的下午，約定是二點，大雨滂沱聲中，兩點半，三點……我想下雨天路滑，騎機車容易摔倒，大概不會來了。正在絕望的時候，門鈴響，師傅駕到！我好高興，立刻迎貴賓似地將他引進。師傅脫去刺蝟般的雨衣，是個藝術家氣息甚濃的人，看不出年齡大小。我所謂的「藝術家」，是指此人不修邊幅，蓬頭亂髭，一身髒兮兮的牛仔衫褲。

「藝術家」看我態度殷勤，一下子便打開了話匣子，他原來是個談鋒甚健的人，而且知識豐富，從「少帥」張學良，談到《情人的眼淚》；甚至股市行情、老人年金、即將到來的縣市長選舉，也成為他「談言微中」的鵠的。談話中，我得悉他就是這家窗帘公司主人的幼弟，又說他只是幫幫乃兄的忙，言下之意，頗有大才小用的牢騷。

客廳的兩片拼花窗帘，在來人滔滔不絕聲中，很快裝上了。這時候，因為「藝術家」不經意讚美了一下天花板上的新型四方形扁平黑玻璃日光燈，觸發了在下下意識深處的「自我陶醉」——因為日光燈是經我提議購下的；兩人越發談得投契，簡直有點依依不捨了。

但是，「藝術家」已經將一些工具收進背包中去，準備走了。我一瞧光景不對，倒不是捨不得他走，而是他的工作未完，忙道：「X先生，還有主臥室的『迷你』簾子呢？」

他聞了一愣，說：「不是說還要來量過再裝嗎？」

我連忙說，「不是令兄一週前就來量好了，今天來安裝的嗎？」

我一臉迷糊的表情，我想區區一件事分開兩天做完成，我又得賠上一個下午，在新居鵠候他的大駕光臨了；當然他的很多議論我是很願意聆賞的。

「藝術家」用手拍拍額頭說：「讓我到下面去看看，也許忘在機車上了。」

他空著雙手再度進門時，我確定他哥哥一定忘了「交代」他；還有一副「迷你」簾子別忘了裝上了。反正，我的「時間」是輸定了，但是，且慢——

「藝術家」忽然靈機一動，一躬身，像魔術師一般，從背包裡拎出那一包我們關懷討論了半天的「迷你」簾子，這時候，簾子在我眼中，不啻是一隻活掙掙的兔子！

到今天，我深深確信：地不分遠近，國不分中美，我們是「統一性」地活在一個「心不在焉」的時代裡！

啊，那粉紅色的臂彎

五月份的世界舞臺上，帶走了一位歷史上的美人賈桂琳・甘迺迪・歐納西斯夫人。T・S・艾略特的名詩劈頭一句：「四月是最殘酷的月份。」不過是文人狡筆，認真說來，五月才是最殘酷的月份，倒不一定是指賈桂琳的遽爾仙去，命定在五月；而是在美國住久了，冥冥中感到洋人的迷信裡，有五月是不祥之月（煞氣重）一說。

我個人並不很崇拜賈桂琳，她那母鹿（doe）似的眸子，高顴方臉闊嘴，過分瘦削的身材，用章回小說的詞彙來形容，不過「略具姿首」，算不得是美女。然而，她雖然不具備傾國傾城貌，一位青年才俊的美國總統，在美國歷史上最輝煌燦爛、舉世無儔的年代，被刺客的子彈刺穿後腦。我們在電視機前無辜的觀眾，眼睜睜看見賈桂琳一身粉紅的套裝、粉紅呢帽（當時的電視是黑白電視），從敞篷的轎車後座爬行過座障，將垂死的年輕總統，攬入懷中。如果心理學家榮格（Jung）倡言：人類有「共同記憶」（collective conscious）的話，賈桂琳夫人這一驚人的表演，替榮格的創纂，畫下了生動的句點。

約翰‧甘迺迪總統的英靈，梟梟上升，賈桂琳夫人那雙粉紅色的臂彎，攬也攬不住那逝去的幽魂，一切都失去了重心，現代壁畫名家夏戈（Chagall）——畫風是人物失去重心在空氣中飄浮——似乎早已替這一對命中注定的名人夫婦，預畫上了一幅。

總統豪華的轎車還在朝前奔馳，像一輛失控的由駟馬駕駛的柩車，杜甫的名句，在這裡引述一遍，不由得不讓人感到刺耳驚心：

「風入四蹄輕，真堪托生死！」

前一句吟唱的是那輛黑色的轎車，後一句吟唱的是賈桂琳夫人粉紅色的臂彎！

賈桂琳夫人的「傾國傾城」處在此！

此後有關賈桂琳的演繹故事，都是「反高潮」，而且渲染上低級羅曼斯的氣息，像長恨歌後半部的「山在虛無縹緲間」。賈姬（美國人對這位第一夫人的暱稱）下嫁了希臘船王，這位世界級的花花公子、獵艷專家竟然獲得了美國第一夫人的芳心，舉世又為之譁然！哦，賈姬，賈姬，妳傷了多少正經娘子的心！妳忘了母儀天下的閫範箴規了嗎？此後的媒體傾巢而出，要把賈姬一夜之間從聖女貞德演變成為褒姒妲己；她的名字她的照片軼聞，點綴了大報小報大小雜誌的每一角落！女明星也沒有賈姬那樣搶眼，那樣風光！

然後，一直等到船王「駕崩」——那場猝死，也使世人震驚了好一陣子——而賈姬在世人眼中，也奠定了（femme fatale）（國人有個不祥的稱號，是「白虎星」）的地位。賈姬也似乎有自知之明，此後不曾再婚，儘管身旁不失長日伴隨的名公巨卿！並且她也學會了逐漸「淡出」，據說是為了維護隱私權！

生前，賈姬已經看到了自己的不朽！無數的稗官野史、電影、電視劇、迷你影集，在近十年內雨後春筍般爆了出來。其中尤以瑪麗蓮夢露與其前夫的一段孽緣，最為膾炙人口。事實上，瑪麗蓮拜甘迺迪總統之賜，也像賈姬一樣，堂堂步入二十世紀的歷史，地位堪與三國中之貂嬋相埒！

賈姬去矣！她不像中國歷史上的四大美人：她沒有出身寒微，她沒有死於兵凶戰禍，她沒有害得別人父子聚麀！她也沒有覥顏事敵，嫁到番邦去「和番」！她的一生是一首「擬英雄體的自由詩」（Mock heroic free verse）。她是典型的二十世紀的「美人」！

她的遺體下葬在阿靈頓國家紀念公墓，也有著「反諷」的意味在內。

她願意伴隨在不忠的「夫君」旁邊，在芳草夕陽中，供世人的憑弔麼？

還是，讓歷史學家唏嘘嘆息：「多少天下興亡事，都付諸漁樵閒話」麼？

啊，賈姬賈姬，妳教我說甚麼好呢？

說　涼

暑假伊始，六月底，從炎夏的臺北飛回洛杉磯的家，往草地上一站，涼風習習，一樣的艷陽高張，地緣的不同，感受與情懷，是截然兩回事了。

臺北的熱，沸騰得像蒸籠，匆匆走過七高八低的紅磚道，不論清晨與黃昏，街頭總有幾條流浪犬，病懨懨的，當街搖蝨子。公車倒是冷氣公車，坐定了，自然乾了一身汗；下得車來，又得從頭來過，又彳亍在紅磚道上，又碰見幾條似曾相識的流浪犬，又是一身汗……這樣的日子，我稱之為炎災。

回到洛杉磯，我突然體會到中國人造字的機智微妙。譬如說，「涼」字就大有講究。一般來講，涼字多半傳達正面的意義，鮮少有負面的，像前面我所說的「涼」風習習，真是舒爽哪，是久悶在蒸籠裡的人，透心的一句感嘆詞，若用「冷風習習」就全然透達不出這種心聲了。其餘如「涼亭」、「乘涼」、「涼麵」……統統是好意。涼字同樣有短暫的、舒適的涵義。若翻成英文，需要用兩個詞才能差強翻出原意來，那便是 nice and cool。

杜甫詠懷李白的五言律詩，一上來便說：「涼風起天末，君子意如何？」捨冷而取涼，大有學問。用涼字，暗示季節的變換，從炎夏轉到秋天，落葉蕭蕭，正是懷人的季節。柳永那闋膾炙人口的詞，從「為賦新詞強說愁」的少年時代，吟唱到「卻道天涼好個秋！」涼字亦是點睛之筆！換成冷字便「潰不成軍」矣！

所以美國詩人佛洛斯特（Robert Frost）說：「詩是無從翻譯的。」

有道理。

平劇武家坡裡，薛平貴與髮妻王寶釧睽隔了十八載才重逢，見面的時候，從薛平貴口裡，我們得悉番邦有個西涼國，又有紅鬃烈馬；薛平貴因為降了紅鬃烈馬，被西涼國王招為駙馬，娶了代戰公主。單是這些精彩的名字，便飽含了神話色澤，比起希臘神話裡的赫克里斯王(Hercules）來，一點也不遜色。我尤愛「西涼國」這個名詞，那是個邈遠神話帶點飄忽意味的夢土，那兒的風吹在身上也不冷，涼颼颼的，挺爽。跟王寶釧居住的寒窯（貧窮、荒穢，一無所有）比較起來，西涼國多麼逗人遐思，引人入勝。

中國的民間藝術裡的確有許多妙手天成的精品。武家坡的故事一向為女性主義的倡言者詬病，當然言之有理，彷彿今日的臺商，在大陸停妻另娶不算；回到臺灣，還要派出P・I・（私家偵探），去勘查妻子在他「公」出這段期間，有無「紅杏出牆」，私自替他編織「綠帽子」的不法行為。其實，如果我們把「武家坡」看成一則男童故事，也許許多觸犯了女性主義的天條，比較容易解釋些。武家坡完全是一個不成熟的男子，所作的一場不成熟的男童幻夢。幻夢中，他娶了宰相之女，雖然他身上一文不名；他又夤緣帶兵征討了番邦，然後是一連串的奇緣奇遇，包括代戰公主、西涼國、紅鬃烈馬……啊，世上還有比他在西涼國所遇到的更荒誕、更令人心醉的奇遇嗎？

中國的民間戲劇故事，除了武家坡外，恐怕還有許多耐人尋味的，只是生也有涯，我恐怕此生沒有時間再作這種研究了。

因為避暑，從涼風習習開始，一扯便扯上許多。聞在臺灣住久了的朋友告訴我，若要驅暑，有兩條路可循：一是坐在家中吹冷氣；或者跑到圖書館、郵局去坐在閱覽室或者走廊裡享受那免費的冷氣。二是指望天降涼風——颱風，那時候，也有幾天比較舒適的天氣，供你消受。除此以外，就只好坐待炎災的的肆虐了。

在小文結束的時候，我忽然又有一個奇想，如果有位陳姓朋友，他添了一位千金，那我建議他，將小姐取名為陳（乘）涼，不但新鮮，而且前無古人，後無來者；若有想從事演藝

（明星）生涯的妙齡女子，也何妨考慮採用「陳涼」當作藝名，至少比陳冲要別致得多！不但別致，而且還帶有說不出來的性感意味呢！

所以，我代擬的這個名字，是正反皆宜的。

月餅・粽子及其他

有一句俗諺「年怕中秋月怕半」，說得很好。為什麼用怕字？我看說者是害怕自己歲月蹉跎，又錯過了一個月甚至一年的大好光陰，轉而一事無成；一方面也暗中點明了：中秋是中國人一年中重要的節日。

中秋節有個重要的節目吃月餅，據說是象徵團圓。月餅以廣式為正宗，近年來臺灣已經會自製廣式月餅了，但仍然有香港進口的。這幾年我人在臺灣，到了臨近中秋，也入境問俗，去買一兩盒月餅。有一年還買了一個用鐵盒裝的空運寄到美國去，也算「千里送鵝毛」了，到地後據太座回報，滋味還很鮮美，比起美國華人超市堆積如山滯銷的「陳」年月餅，要強多了。

中國人是世上著名的老饕，食品講究個「鮮」字。暑假裡在美國，看到當地報紙上一則消息：此後政府規定，凡是冷凍過的雞蛋拿出來賣，紙盒旁一律不許再印「新鮮」(Fresh)一字。看到這裡，情不自禁噓了口氣：真是人同此心。冷凍過的食品，那有資格誇口稱「鮮」？

可是我一向不大喜歡吃月餅，倒不一定是年紀大了，見了糖怕，得了畏甜症；而是月餅是一種沒有什麼情趣的食物。月餅是可以大量製造的，缺乏「獨創性」。近年來臺灣工業發達，我看製月餅的過程，大概也「自動化」了吧？通過一條機器紐帶製造出來的應景消費品，有什麼鄉土口味可言呢？即連以前「手工業」時代，月餅也得在一個大火爐裡烤焙出來，也是沒有什麼情趣可言的。

我們對於某一種食物的偏嗜，往往是幼年時期培養出來的。我看過一部美國電影——片名記不清楚了——有一句對話是：「就像你老母燒的 (Just like your mother did)。」這話是女主角對老公說的，反映出男主角只喜歡吃他母親燒的那種菜，也是一種無可理喻的心理偏好。月餅就做不到這一點。很少看見作家這樣寫：「我懷念我家鄉的月餅。」——懷念家鄉的月亮是可以的。也很少有作家會這樣寫：「我喜歡吃我母親做的月餅。」

但是月餅換成粽子便通了。我便常常懷念我母親手包的粽子。

粽子是端午節應景的食品。平時臺北深宵的巷中也有叫賣「燒肉粽」的，那純粹是本省口味，不大對胃。我也不喜吃那種為了遷延時日、歷久不壞而滲進了鹼的鹼水粽。說來說去，只剩下兩種可吃的粽子了：豬肉的跟紅豆的。在臺北，只能吃到一種大陸式的粽子，那便是長方形的所謂湖州粽子。

但這些都不是我母親手製的那種。

母親製的那種粽子，就是平常的那種形狀，不是長方形的。每年快到端午前的一個禮拜，她便開始發號施令忙碌起來了：先交代廚娘買新鮮粽葉、細繩、糯米、紅（赤）豆、明礬（不知何用？）。豬肉慢一點，要到節前一天才買，買回來就醃泡在加了糖的醬油裡。彷彿醬油也是特製的——也可能是一種名牌。

母親把這些素材都堆在自己的房間裡，有點像雕塑家把一些石膏、石塊放在工作室內。我每天放學回家，走進母親房間，就看見這些未製成粽子藝術品前的「原料」。它們發出一種獨有的甘洌的氣味，記憶中我稱之為端午節的氣味，也是母親房間專有的「節日」氣味。三十八年五月，離開家、離開母親後，便再也聞不到那種特殊氣味了。

看母親包粽子也是一種樂趣，母親包粽子是准許我「看」的，但不許「動手」。母親平日喜歡作方城之戰，也許我看，家鄉話叫「看斜頭」。「看斜頭」的人有時可以當參謀，但不許東張西望，偷窺敵情。這，母親一律不許。母親雖然十分寵愛我，嚴格起來十分嚴格，這一種教養無形中也影響了我的性格。

其實我站在一旁觀摩母親的手藝一點用也沒有，因為我是男孩子，用不著去學——學會了也無用。其實當時「沒出息」地學會了，現在倒有用。

這就是文學裡常常提到的「嘲弄」（irony）一詞吧！

母親包粽子用的原料都盛在一隻一隻白瓷缸裡，紅豆紅紅的，粽葉尖尖的，是灰綠色；新鮮的豬肉粉紅色，浸泡在棕黃色的醬油裡。五月的陽光從潔淨的玻璃窗照進來。母親斜欠身子坐在一張咖啡色的藤椅裡，專心一志地做著她愛做的手藝，女媧補天一樣。啊，喜歡作「水彩」素描的海明威，也不會放過這一幅畫面吧？

母親先選出一張粽葉，在左手做成一個大漏斗，然後用小白瓷酒杯舀出一勺泡漲過的糯米來，放進大漏斗裡，再加一小勺紅豆，或者兩塊肉：一塊大的，是瘦肉；一塊小的，是五花肉；末了再加上小量的米，到此，「工程」完了嗎？沒有，遠著呢！

最難的是粽子的包紮工作：這活兒不但要手巧，還要有勁。所以包粽子這種工作，上了年紀的老婆婆，除了身體特別硬朗，是做不好的。

母親不住用右手拍打左手擎托著的那個結實的粽子包，輕輕地，擡起手來看看，又拍起來，左拍右拍，端詳著，滿意了。這時候，她嘴裡已經啣有一根專門綑縛粽子用的細繩。她咬著細繩的一端，右手便用力地將粽子綁起來。這一項是全工程中最難的。訣竅據說是——

套一句電視廣告的用語——「有點緊，但不是太緊。」

包紮成功的粽子成品，堆在一隻朱紅色的細篾竹編的大圓籃子裡，隻隻如樣，我想，如果用磅稱去秤，重量也會相等。

代表豐收的朱紅色篾竹籃，圓圓的，堆滿了三角形的粽子成品，籃腳邊斜攲著一個朱紅色篾竹圓蓋，放在母親房中正方形的紅木桌上。粽子的白繩子，有時俏皮地翹出個蘭花手指，看來也是靜物寫生的好題材。

篾竹籃往往是成雙的，取其吉祥——每年端節做兩籃。

煮粽子也是一項大工程，母親吩咐廚娘拿到廚房裡去煮，要用大火，煮三小時，中途不許揭鍋蓋。這樣，粽葉的清香、糯米、赤豆、豬肉的香味才會混而為一，凝聚成為一種風味獨特的粽子肉——這便是中國烹調藝術的精義所在；這和洋人烹調的先白煮、或者燒烤，再加調味料的手法與精神，是截然相反、背道而馳的。

所以吉伯林說：「東是東，西是西。」一點不假。

煮粽子不知為甚麼，總是在半夜裡，這時候我早已進入黑甜鄉了。我猜這時候夜靜人稀，燒火的廚娘可以心無旁騖地照顧那灶裡的火，柴火燒得旺旺地，粽子才可以煮得透、煮得熟。

《金瓶梅》裡，金蓮房裡的丫頭宋蕙蓮，可以用「一根柴禾，將一個豬頭肉燒得皮脫肉化，香噴噴，五味俱全」，想必也是在半夜。

母親每逢端節，都大量包製這種粽子，然後寫好標籤，貼上「卍」字紅紙，分贈至親好友，一家一家，沒有遺漏，這是她獨特的端節禮品。奇怪的是，留在家裡供家人分享的粽子，數量反而很少。她有一個看法：小孩子胃腸嬌嫩，吃多了這種甜膩難以消化的食品，對身體不好。所以每逢佳節，我只能「配給」到一隻兩隻粽子，像受罰一樣，越發使我對這一種稀有食物，尤其那肉粽，懷念不已。要是吃多了吃傷了，引起洋人所謂的heartburn，我便不會這樣念念不忘了。

有一年，家人中甚至有人連一隻也沒有分到，母親抱歉地笑著說：

「這就叫賣油的娘子水梳頭！」

……………

我離開大陸後，快半個世紀了，從來沒有吃過母親所包的那種粽子。有時坐在臺北號稱江浙（上海）風味的小吃店裡，很想打聽一下：何處可以買到母親所裹的那種粽子，總覺得難以啟齒，總不能囫圇地問：「就像我母親包的那一種——」吧？

最近幾年，不知為什麼，粽子的味道大不如從前，我想最主要的是環境污染問題：生長不出清香四溢的粽葉來，又怎能製作得出清香四溢的粽子來？

我對自己說，母親製作的那種粽子，只有從記憶中去搜尋了。母親已逝，墓木已拱。包粽子的祕方也隨著她長眠九泉之下，再也無法重見天日了。

世事往往是千迴百轉、難以逆料的。海峽兩岸交通恢復後，三年前，我隨著一個傳播媒體到上海去拍攝一部有關老歌的MTV，順便探望了一下現在上海師範大學任教的朱乃長兄。朱是我在臺大外文系的同班同學，不過他好像是「插大」進來的，比我年長幾歲；也因為這樣，他各方面的表現——尤其在英文方面——十分優異，這使我十分敬佩，也仰慕不已。

我跟朱兄的因緣還不止於此。大學畢業後不久，朱兄便去汶萊一家僑校任教了。很快地，我也得到他的汲引，還有另外一位學長的推薦，到汶萊的中華學校任教。那時候我們在政治上是個絕緣體，無依無靠，十分苦悶。朱兄便興起了「投奔大陸」這一個念頭。我們——還有另外一位顧公政兄——都曾經漏夜長談過，但都得不到要領。最後，朱兄毅然決然，從香港間關折返上海去了。那是民國五十二年的事。

「一去紫臺連朔漠」，從此音問兩絕，張愛玲說的，「清清楚楚，像死了一樣。」（見《半生緣》最後一章）

……

這次兩人像「死而復生」，又在易主樓臺、舊夢如織的上海見了面，其興奮之情，真是

「非筆墨所能形容」。

朱兄盡地主之誼，帶我去遊了南市城隍廟，豫園。城隍廟我幼年時去過，記得滿地是販售金魚的地攤，還有那遐邇聞名的九曲橋。

九曲橋還在，販售金魚的小販已是一個也不見。城隍廟經過大力裝修，已成為一個旅遊勝地，就在進入正殿——其實裡面是個大型的「購物中心」——之前，我在一爿販售廉價紀念品的店門口，看到這樣的一幅紅紙條，上面用墨筆寫著：

「嘉興粽子，每隻拾元」

我立刻不假思索，擅自撇開老朱購下了十隻，倒不是因為價格便宜，而是想嘗一嘗久違了的上海粽子，是否也像國內或者海外的，經過生態變遷後，香味頓失，一點味道也沒有？興匆匆帶著一包十隻的嘉興粽子，還有十包五香豆，回到朱兄家中，大嫂孟夫人——此刻我記不清楚她的芳名了，未敢唐突創纂——是位十分賢淑的女性，跟朱兄白首偕老，相濡相沫，恩愛逾恆——立刻煮了來，又剪開繩子，剝開了，盛在磁碟裡，連同筷子，親手捧到我面前。

我一口咬下去，差一點叫出聲，這……這就是我睽隔了近半個世紀母親手製的粽子，真是「踏破鐵鞋無覓處，得來全不費工夫！」

我找到了！我找到了！原來母親包的粽子是有個名稱的，就叫「嘉興粽子」。我心裡一陣狂喜！但是，我畢竟是一個上了年紀的人，我只能用跡近平淡的口吻對朱兄夫婦說：「這粽子真好吃，就像我小時候母親做的一模一樣。」

朱大嫂正用一隻筷子戳著嘉興粽子，轉著粽子慢慢地吃，我從來沒有看見人用這種方法吃粽子，就像在美國看見有人手裡握著一隻蛋捲，上面顫巍巍疊床架屋堆著幾個圓球形的冰淇淋，轉來轉去，津津有味地吃著，像一個「迷你」魔術師，這是一個非常好看的鏡頭，一時我倒看呆了。

老朱呢？他正低著頭，在我對面專注地吃著嘉興粽子，一聲不響。

他們對外來的人這種客套話大概聽多了，以為是一種無謂的應酬話，我心裡倒一陣悽惶，想起了我的母親。

美「金」

暑假中，美國最聳動人的新聞是美式足球偶像O·J·辛普生涉嫌謀殺前妻妮可·布朗，連超級足球盃的列強爭霸戰，都靠後了，不那麼搶眼了。在初次調查庭告一段落後，有一則經濟新聞，其重要性其實遠勝辛普生殺人，卻輕輕從讀者眼前飄過，如淡煙流水，那便是七月十二日，美金兌換日圓的匯率，一度跌到一美元只能兌九十六點六七日圓，再創二次大戰以來的最低價位。

美金的崩跌或重挫，在世人眼中已不再具有強大的震撼力，也許與全球的經濟結構有關。我非經濟專家，把這則秋毫之末的「小道」消息，視作輿薪，也許小題大作了。豈料在美元重挫之後的第二天，有一則也是跟美元有關的消息，卻使我讀了，大惑不解，消息說，美財政部長班森十三日宣布，美國政府將重新設計印製美鈔，「這將是六十五年來首次徹底改頭換面」。班森說：「我們打算防患未然，保護美鈔免於受到高科技偽造。」

新的美鈔上的美國開國「大老」的畫像放大，並從鈔票中間移到一側，據說是為了留出空間，製作難以複製的「浮水印」。

新的美鈔加上「變色」油墨，這樣，從不同的角度看去，顏色會變換。

新的美鈔增加「互動」圖形，如果予以複印，會變成波浪狀。

消息的「隙縫」中透露出的一個訊息是：美元雖然不值錢，暗中打美元主意的壞人，數目好像滿多——看到這裡，我連忙往下看，世界上到底有多少張美鈔是假的？消息說：至西元兩千年——距今約五年五個月，可能增加到接近廿億美元。

唉呀呀，這個數字可是不貲呀，跟班森財長一上來所說的，市面上流通的美鈔贋幣，「僅僅」只有百分之零點五，卻是相差甚遠哪。

原來替美鈔「整容」、「重新包裝」，並不是為求新求美觀，而是為了「防盜」，這證明當今之世，即連美國這樣一個有著所謂開明政府的措施，都不過是頭痛醫頭，一點遠見也沒有！說來真令人洩氣。

我第一次見識到美鈔，應該是民國三十八年，距今有四十五年了。那時的美鈔不叫美元，叫美金，是一種稀有的高貴的紙幣。我小時候見識過家中收藏的一小袋金玩，有小金魚、金猴、小金元寶，可從來跟美鈔緣慳一面。三十八年初，少不更事，隨著姐姐、姐夫輕輕易易離開了家，託天之幸，居然沒有失學，還進了當時設立在臺中市的裝甲兵子弟中學（後更名為私立宜寧中學，今猶頑健）；我們的名譽校長即是蔣緯國將軍，他那時擔任的職位，是裝甲兵司令。

裝甲兵子弟中學的學生，用現今的名詞來說，是軍眷，也是一批家境清貧的子弟。那時候我們穿的不是學生制服，是軍服，還打綁腿。這一種出身的子弟，多半勤學，肯打拚。我們的食宿都在學校裡，晚上睡通鋪，打地鋪。學校的伙食很差，所以我們常常半夜裡偷偷爬起來，跑到城裡的一爿豆腐工廠，買熱豆漿吃；有時候，是週末吧，我們還混進臺中戲院，去看「免費」電影，記得有一次偷看到的是今日所謂的成人電影，片名叫「春情熱舞」，不該看的鏡頭，看了以後，心裡火辣辣的。

同學中有位范姓學長，年紀較長，臉上有很多麻子，他有個姐姐在美國，所以他比大家都有錢。因為每隔半月，他準會接到一封美國寄來的掛號信，裡面一定附有一張灰面綠背的美鈔，價值廿元、五十元不等；兌換成新臺幣，那是個擲地成聲的大數字。有一天，他收藏得非常隱秘的一封掛號信，被一個惡作劇的同學——綽號叫「老夫子」的——拆開了。大家最有興趣的，不是搶著閱讀那封家書，而是欣賞裡面的那張美麗誘人的美鈔。

那張美鈔新新的，「傳觀」到我手裡時，我仔細地看了看，洋人總統的鬍子是連腮的，美鈔的紙質又好，托在手裡，彷彿有重量似的。張愛玲說過：「人是奇怪的動物：即使在最真摯隱秘的親情裡，也有勢利的成分存在。」那時候的日本猶在廢墟裡，他們的國家還在美軍占領之下。我們的政府剛從大陸撤退下來，一身的瘡痍，美鈔——不，美金！是世上獨一無二、絕無僅有的值錢的貨幣，其尊榮華貴，真是「值得您的信賴！」就這樣，驚鴻一瞥地，那張美鈔從我手中傳到下一位等候瞻仰的同學手中去了。

這樁「偷竊」美鈔事件，最後釀成軒然大波，結局如何，我此刻記不得了。但我確信「老夫子」絕對沒有偷拿范君的美鈔！不過，「夫子」還是受到處罰。訓導處最後記了他一個大過！

畢業了，高中畢業是多麼大的一件事啊！緯國將軍要來親自主持畢業典禮！還有錢穆——中國唯一的恂恂大儒、彬彬君子，也答應來致贈畢業嘉言，那是多麼輝煌值得莘莘學子騰躍的一件大事啊！那一天，在全校師生的企盼下，終於來臨了，也讓我們親眼目睹到緯國將軍、錢穆大師。

那時候緯國將軍正當盛年，他穿著一套「軋別丁」深咖啡的軍服，熨燙得十分精潔。他有一雙屬於古人的鳳眼，眉也彎彎的，說起話來，臉上彷彿永遠都帶著笑容。

錢穆大師那天在畢業典禮上說了些甚麼話，半個世紀下來，我記不得了，但是緯國將軍年輕時英俊的模樣，卻在我腦中留下了極其深刻的印象，永遠不會改變。畢竟，那一天緯國將軍是盛典上的一顆明星啊！

《紅樓夢》有一處說，一個人在倒運的時候，連黃金也會失色的。半個世紀下來，美元一再貶值，從不敢相信，到逼令自己相信：美元不再是美「金」，貶值也是鐵錚錚的不爭的事實。美國有個頗為叫座的電視節目「六十分鐘」，在單元快結束的時候，例必有位冷面笑匠安迪・羅尼（Andy Roony）出來說幾句不鹹不淡的酸話。有一次，羅尼說，他有一天從家中開車出門，倒車出車庫時，發現褲袋中掉出來一分的零錢，落在地上鐺地一聲，清晰可聞。他明知掉了錢也懶得停車去揀。這幾句「扯淡」暗指美元貶值，一分錢已不值得計較了。話雖這樣說，「每一朵烏雲旁都鑲有一道銀邊」（Every cloud has a silver lining）這話是他們自己說的。謂予不信？為何世上還有人煞費心機地去偽造美鈔？另外，暑假裡回到美國家中，發現找來的零錢中，有許多新鑄出廠的一分錢，黃橙橙的，紫黝黝的，特別耀眼。這是怎麼一回事呢？也許，美金的前途，剝極而復，無限的生機正在蠢蠢欲動呢！

作家論自己

有一種瓷器名喚「晶體窯」。客廳中有一隻晶體窯花瓶，淡墨滃鬱，點染上幾截明藍木樁，影影綽綽，與晶體窯的本色——不透明的嗶嘰色——搭配，相映成趣，與眾不同。

我借用「晶體窯主人」稱號，來論衡「水晶」其人其事，有續貂脂硯齋主人、褒貶曹雪芹之嫌。其實，我有時想，曹雪芹或可是脂硯本人，正如《聊齋》每篇之「片尾曲」，常有異史氏代撰之結語。異史氏者即蒲松齡之化身，殆無疑義。準此，水晶借用晶體窯主人名號來針砭一下水晶其人其事，不亦宜乎？

刀筆吏魯迅常說某某人的文章，是速朽之作。有一天，水晶告知本主人，他中午彳亍在建國北路崎嶇不平的紅磚道上，揀起一張當天《聯合報》的生活藝文版，他好奇地一翻，背面副刊，赫然刊載著他的一篇大作，題曰〈美「金」〉。他說他一方面驚喜，一方面惶恐。

驚喜者，世上作者竟有用此一特異方式，發現自己心血之思已受到某種肯定與青睞——儘管編者先生早已發出通知大作即可見報；惶恐者，文章如市上之股票，當日沖銷之後，事如春夢無痕。這比往日賣文之作者，在包油條燒餅之舊報紙上發現自己油汙滿面之舊作，還要尷尬難堪，真正是魯迅先生所言：「速朽！速朽！」

晶體窯主人不免好奇，乃問：文章既然被讀者視作敝屣，一賤至此，為何閣下尚欲困坐斗室之中，操此營生？水晶曰：不瞞先生，區區少年之時，亦曾許下宏願：立志要寫下錦繡文章，像紅樓主人、或者法國之普魯斯特，流芳百世。叵耐多讀了一個博士學位，發現能夠寫出文起八代之衰之篇章者，非不世出之天才莫辦，是以流芳百世者，屈指可數，寥寥無幾。膽子一經嚇破，傳世之作遂永遠在運籌帷幄之中，套一句今日新聞界之術語：「出爐」無期矣！然而，少年既經許下宏願，也曾下過幾天筆墨功夫，餖飣方塊速朽的文章，是會寫幾篇的。還有位老編親口誇獎在下，說：「大作雅俗共賞，最適宜在副刊上發表。」這是好幾年以前的事了。水晶是以信以為真，兢兢業業謹守在副刊園地之內，不敢越雷池半步矣！

晶體窯主人曰：老兄一番陳詞，倒也委婉可憫，不過犯了一個過於謙虛的毛病。世上文人，不是過謙，就是過傲。兩者皆是「心虛」的表現，均不足取。我看你韶華正盛——。水晶立即惶恐插嘴道：慚愧，敝人早已越過「知命」之年，莎士比亞羽化登天時，比在下要年輕幾歲。且杜甫年屆此歲，早已鯨吞下幾斤腐牛肉，命赴陰曹矣。晶體窯主人力駁此說之非，曰：非也，非也，吾兄何愚至此。當今之世正當「後現代」，與盛唐、莎翁所處之時代大不相同。一般作家享高壽之機率甚大。吾兄若能克服心理障礙，鍥而不捨，寫下去，寫下去，只要你稍有寸進，又能與山河並壽，你的文章就不會速朽。魯迅那紹興師爺的話畢竟是騙人的。

（贅語：水晶有這樣一位「知交」（alter-ego）打氣，恭敬不如從命，只好左一篇右一篇長一篇短一篇，文章像飛矢流星一般，向各報副刊陣地轟擊過去了。）

殺風景

——張愛玲巧扮「死神」

張愛玲女士獲得今年時報文學特別獎，忝為張迷，自然替她額外高興：皇天不負苦心人，這一天終算等到了。次日，《時報》「藝文生活」版，特別刊出她為這次得獎而拍攝的「卷首玉照」（套她自己在《流言》裏的說法），這張玉照卻使愛慕她的讀者大惑不解。我看了半天，終於揣摹出一點她的心意來。

先看玉照：張女士穿了一件羊毛質地醬紫近乎黑色的長袖毛衣，大挖領（當年胡適去紐約探望她時，她也穿了一件大挖領襯衣），領口袖口鑲一道白邊。黑毛衣印有一朵朵放大的雪花圖案。若是年輕，大挖領後面大概不會再穿甚麼；這次她添了一件蔴質背心。通身一無插戴：像她在《對照記》裏強調的一點：素樸原是她的本質。

她沒有戴太陽眼鏡，因為不是電影明星——她最欣賞的嘉寶，就頂愛戴墨鏡；也不是政治上的名人，像戴安娜王妃。她的頭髮也是真的，不是假髮——一位我認識的女書法家堅持，她那頭摻著銀絲的鳥巢型黑髮是假的。當然不是！知道她的人就會了解那不是！

最令人匪解的一點是：她左手斜握著一卷報紙，上面刊戴的頭條竟是：主席金日成昨猝逝。

憑著這捲斜切過她身體的「頭條」，她要向讀者宣洩的是甚麼訊息？

這一點先按下不表，且說她那張「玉照」，其實蠻耐看，并不如一般人想像的那樣糟。乍一看，我覺得眼熟：原來她像兩三年前逝世的影后奧黛麗赫本。影后大去之前，經常參加慈善活動，媒體免不了要替她拍照，影后依然固我，像年輕時一樣喜歡坦胸露頸，結果引起她的老影迷一片惋惜之聲，「這女人瘦來！怕來！」這是張愛玲在〈花凋〉一篇裏，形容女主角川嫦罹患了三期肺病後的一句話。

「瘦來」，是客觀的，「怕來」卻是主觀的評語了。「瘦來」，使人想起健康不佳，再加上那條驚嚇人心的黑色頭條，更產生了震懾人心的轂觫效果：「怕來！」張愛玲是在那裏扮演「死」神的角色嗎？

是的，世上沒有一個女人肯紓尊降貴扮演一次「死神」，張愛玲就肯屈身俯就。這樣做，同樣也應驗了張愛玲在作品裏常用的一句話：「殺風景」，還有便是她作品裏的一貫作風（主題）：「辣手摧花」。

像她的那篇得獎感言，也是一貫的「殺風景」，把讀者倖存的一絲羅曼蒂克幻思都擊落了，碎為滿地的玻璃渣。

照片除了殺風景，她還要透露的一個訊息是：死亡使人平等，在她的作品，經常提到這一點。古羅馬詩人荷馬司就在他的抒情詩裏說：「灰白的死神以公平的雙足敲扣窮人的小屋，和王侯府邸的角樓。」魯迅更在一篇怪誕的散文裏說：一家人生了個男孩，賓客們跑去道賀，大家齊聲唱唸著榮華富貴長命百歲等賀詞時，有一個聰明人卻力排眾議，跑進去說這個小孩將來會死。於是引起眾人一片公憤，被大家趕了出來。其實，魯迅在結語時說，這聰明人倒是說了真話；其它人說的都是假話，反而受到歡迎。這就是人間。張愛玲應該算是魯迅的私淑弟子，她在〈憶西風〉裏說的也是真話，可是卻聽來如此地「殺風景」。這張「玉照」她竟然巧扮起「死神」——又有點像《紅樓夢》裏的馬道婆來——那是個類似五通神的「死神」角色，更是雙料的殺風景；她舉起那道符咒似的黑色「拘捕令」，向我們這些愚夫愚婦芸芸眾生沒頭沒腦砸了下來，砸得我們兩眼金星亂迸，無處可以遁逃。一個願打，一個願挨，多年來沒有遇到這樣過癮的事了。

本世紀初，慈禧太后在頤和園內留下一幀巧扮觀音的「玉照」，身旁是面目醜陋的弄臣李蓮英；又快過了一世紀，我們目覩了稀世的女作家張愛玲，為我們巧扮了一次「死神」。前者反映了慈禧的愚；後者反映了張愛玲的智。好戲歹戲都被這兩位女性演絕了。後世的女性，理當抱怨「生不逢辰」吧？

（附記：這篇小文去年十二月寫成後，找不到發表的地方，也許是全書中唯一一篇文章沒有見過天日的。為甚麼沒有人要它，想必是太殘忍了一點。替張愛玲預製訃聞，有哪個張迷樂於聽聞？鑒諸今年九月發生的事，我這篇小文不幸而言中。說來說去，是她聰明，在照片中洩露了她的死訊，我仍永遠都是後知後覺者。八四、九、廿二颱風夜附誌）

何日君再來

——悼念鄧麗君

一

我雖然研究早期中國流行歌曲，對六〇、七〇年代臺港的流行音樂卻不甚熟稔；可圍繞在我週圍的一批熱心的老歌友卻不這麼想。他們總以為我既然懂得三〇、四〇年代的老歌，對六〇、七〇年代的中古歌曲，也就不在話下了。特別是這次「小鄧」麗君仙逝，他們其中有一些不乏是小鄧的擁戴者，因此希望我這個所謂流行歌曲的通人，也責無旁貸地，像遇到黎錦光、白虹逝世，也應當沾起筆來寫一篇紀念文章。他們熱情可感，我卻感到左右為難，舉棋不定。誠然，鄧麗君是著名的愛國藝人，參加敬軍勞軍的活動，從不後人；她雖然在大陸享有盛譽，卻像孟夫子所倡言的那樣，嚴義利之辨，從未涉足斯土，讓大陸同胞也能親炙一下她的「正大仙容」，聆賞一下她那「崑山玉碎鳳凰叫」的歌聲。種種的俠義行為，使人想起唐人傳奇中的那些風塵俠女。為此，我用電話「走訪」了幾位對中古老歌甚有研究的朋友（註），其中有一位詞鋒向來以犀利著稱的前輩，居然也一反常態，對鄧麗君的歌藝為人，予以毫無保留的肯定讚美。那麼，我還猶疑些甚麼？寫吧寫吧，我在心裡這樣催促自己，儘管寫得荒腔走板，乏善可陳，也比一個字不寫要好。

二

老實說，我對鄧麗君的歌聲，並未如前文所說的那樣陌生，因為在過去兩年，我一直在漢聲電臺主持一個半小時的節目；而這個名稱「水晶談老歌」的小單元，實際上是附屬在一個每天都有的帶狀（母）節目內，所以每次收錄自己的小單元時，總有機會不可避免聽到一兩首臺港歌星錄製的老歌，其中便包括了鄧麗君的，像是她的「夜來香」、「小城故事」聽得最多。鄧麗君的唱腔韻味兒，未脫中古時期流行歌曲的窠臼，並未吸引我多大的注意，只覺得她的歌聲輕柔甜美，但顯然中氣十足，至少比我耳熟能詳的上古時期的歌后周璇，中氣要強多了。但是鄧在歌聲結尾的時候，唱法與傳統的美聲法，又有不同，上古時期的女歌星，結尾收腔時，是採取傳統女高音的所謂一氣呵成、漸行漸遠法。而鄧麗君則完全揚棄了這一種美聲的唱法，尾聲是用「抑揚」格的收句法，無所謂「一氣呵成」，也不講究「漸行漸遠」，讓人產生尋尋覓覓，去似朝雲無覓處的那種美感。謂予不信？拿李香蘭是原唱者的那首夜來香（灌製於民國三十二年），跟鄧麗君主唱的「夜來香」一比，就見分曉。殊不知鄧麗君口中的夜來香，是七〇年代的唱法，我的前輩朋友這樣訓斥我。鄧麗君沒有採用四〇年代歌星的唱法，是她的聰明過人處。憑她的天賦、她的造詣，耍幾下聲樂家的「身段」，應非難處，她執善固執地用自己的唱法去唱夜來香，是要將流行歌曲歸位，找一個正確的定位，作用類似樂隊中樂師所敲的定音鼓，實實在在是一種革命，一種創舉。換言之，鄧麗君的一首夜來香，把李香蘭的那首夜來香唱進了歷史。歷史是一面鏡子，這一面鏡子雖美，卻是一面磨光的銅鏡，自然無法像現代高科技產品的新型鏡子那樣亮麗。我用一把衡量四〇年代歌星的碼尺，像是講究歌劇唱法，來針度六〇、七〇年代天王巨星的歌藝，自然會碰壁，此路不通了。我的這位前輩朋友，這樣耳提面命地教導我。雖然我心中還有些許不樂意，也不得不折服於他的儻論高見，的確有幾分道理呢。更何況他比我大好幾歲，能夠有這一種脫略、高超的卓見，更使我感到汗顏了。

三

談起鄧麗君的歌曲，不得不提那一首敲開中國大陸大門的「何日君再來」。這一首歌曲說來話長。不識此歌淵源的朋友，總以為鄧麗君是原唱者。其實不然。何日君再來的原唱者是周璇，是她主演的電影「三星伴月」的插曲，也可以說是主題曲了。該片是上海藝華公司出品，民國二十六年攝製完成，導演是搞美工出身的歌舞片名導演方沛霖。合演者尚有馬陋芬、關宏達、倉隱秋。這份資料出自大陸官方出版的《中國電影發展史》，程季華編撰。但電影內容如何，不得而知了。何日君再來的作曲人劉雪庵，是三〇年代的著名作曲家，他寫過許多首膾炙人口的歌曲，多數是藝術價值甚高，可以讓女高音拿來在音樂會上獻唱而不會臉紅的作品，像是在大陸民國三十八年前紅極一時的女高音郎毓秀女士（前不久逝世的國寶級攝影家郎靜山的女公子），便唱過許多首劉雪庵編製的名曲，像是飄零的落花、滿園春色，曾經在當時知識分子之門，風行一時。劉又寫過大家耳熟能詳的長城謠、紅豆詞、空軍軍歌；何日君再來不過是他興來之時偶爾填寫的一首流行「即興曲」，結果引起的回響，比起那些正統歌曲，不知要大上許多倍，即使用千萬倍來形容，恐怕也不為過。

何日君再來這首歌帶給作曲家劉雪庵的恥辱與災難，可說罄竹難書。不說別的，單說文化大革命期間，紅衛兵便曾經逼劉承認，當時七七事變剛過，劉便寫出了何日君再來，而這君（軍）便是暗示日本皇軍。作曲家在這種指控下，百口難辯，立刻便被扣上一頂漢奸的帽子。君（軍）同音，從此自由心證的批評家，可以隨心所欲的拋帽子，一會兒被附會成歡迎國軍（君）重返大陸；甚至在臺灣，此歌也曾長久被禁鎖，因為君字可解釋成「解放軍」——那還了得，居然歡迎解放軍再來，那不成了匪諜嗎？

很少有人肯去注意一下此歌的藝術內涵。何日君再來是一首小調，由擅長小調曲藝形式的周璇來演唱，可稱銖錙悉稱，是一種曲能包人、人又能包曲的選擇。全曲共分四闋，但是，很令人訝異的，是填詞人黃嘉謨在第一闋第二闋開頭的地方，詞意曖昧，不知所云，他說：「愁堆解笑眉，淚灑相思帶」，又說：「逍樂時中有，春宵飄吾栽。」意指為何？令人瞠目不知以對。鄧麗君版的何日君再來，擷取第一闋第四闋，省略了第二闋第三闋，是聰明的作法，因為原曲篇幅太長，現代的聽眾聽久了會覺得不耐煩，但鄧版因襲了原曲文法詞意不通的地方，未加以修正，是一種缺失（這也間接證明現代流行歌的製作群中，缺乏通人）。

周璇版的何日君再來，每一闋接近尾聲，例必有一個帶點娘娘腔的男生在那裡說一句京腔道白：「來來來，喝完了這杯再說吧！」這原是三〇、四〇年代流行歌曲的慣技，便是由歌曲本身來說故事，以補充或者加強電影的故事性，也許當時電影聲光技藝落後，又沒有色彩，只好利用歌曲來籠絡觀眾的心，不至於太沈悶。弄到最後，喧賓奪主，歌曲反而比電影本身精采許多，像周璇唱的一些電影插曲，至今流傳了下來，而電影卻湮沒了。鄧麗君版的何日君再來，因為不是電影插曲，毋須交代情節，剪裁得體，到了道白的地方，改由鄧麗君自理，歌者的角色，也經過一番調適。在周璇版的何日君再來中，她只是一名類似青樓中人的侑酒者，坐在酒客的身旁彈琴（或者手風琴）助興，她自己可能滴酒不飲的。而那位說道白的男聲，才真正是飲酒尋歡的主角，他說的「來來來，喝完了這杯再說吧！」是對另一位男性酒客說的；而鄧版的何日君再來，歌者的身分較為現代，她也許是鋼琴酒吧的女歌手，在那兒自彈自唱。社會變遷了，歌女的角色也有所改變，連勸酒的方式也不同了。從女性主義的觀點來看，三、四十年來女性的角色的易位，在兩首同名同調的流行曲中，竟也有這樣有趣的反映！

四

鄧麗君的歌藝，自日本學藝歸來後，日益精進。我的朋友們告訴我，她在後期所灌製的甜蜜蜜、三願（艷紅小曲）、路邊的野花不要採、原鄉人、你怎麼說、小城故事等唱片，風格丕變，令人刮目相看。因為她年輕時灌製的那些歌曲，好雖好，未免缺乏變化，有「千人一面、千口一腔」的一點點缺陷。我聽了朋友們的意見，把這幾首被點過名的歌曲找來一聽，果不其然，士別三日，鄧麗君令人刮目相看矣。這些歌每一首都帶進了一些新的訊息。像艷紅小曲，鄧麗君在歌中替歌者找到了定位，她不再是偶像歌星、流行曲的皇后，在她的歌聲中，給觀眾留下了馳騁想像的空間，艷紅是一位絕代歌妓，鄧麗君把她立體化了，她變成了一個活生生的人。三〇年代、四〇年代的歌手，唱得最成功的時候也是這樣。認真說來，這也是一種復古，對鄧麗君的歌唱生涯來說，不啻是一種突破。這首歌使我想起李麗華主演「血染海棠紅」中所唱的「石榴裙」。

原鄉人是同名電影的主題曲，是最不適合鄧麗君歌路的一首曲子，但鄧麗君居然接受了這一種挑戰，拿過來唱了，不能不令人佩服她的膽識。原鄉人是一首屬於粗獷性質的樸摯民謠，有很多裝飾音；這一類歌曲，經過學院訓練的大陸歌手最能掌握，也最為討好。換一句話說，最好請一位關西大漢，手搖著鐵板來吟唱，而不適合鶯聲嚦嚦的小嬌娘，用紅牙拍板來表演。可是鄧麗君面不改色地唱完了全曲，有很多地方，用上了共鳴的鼻音還有拖長的裝飾音，成績非凡，可喜可賀。

五

好萊塢有很多著名的歌影星，像是貓王普里斯來、裘蒂迦倫、詹姆斯狄思、瑪麗蓮夢露，因為早逝，反而獲得永生。鄧麗君加入了他們的行列，在她的前輩中，周璇也是位早逝的明星，正因為早逝，在影迷歌迷心中，留下了永遠年輕的印象，是幸運還是不幸？這是一個充滿弔詭的問題。硬要尋求一個答案，似乎是嫌多餘了。

※註：供給我寶貴意見的朋友，有名影星龔秋霞的先生胡心靈導演、王雲鵬先生、陳九菲小姐，謹此附筆誌謝。

還有那許多不曾完結的

——悼青年詩人溫健騮

從朋友的電話中，得悉香港詩人溫健騮的噩耗，驚愕之餘，因為早已經聽說他有病，並不十分感到意外。詩人過世時，大概三十剛剛出頭，正是事業上大有可為的英年，然而他竟說去就去了，想到人生的倏忽，有一種說不出來的辛辣苦澀的滋味。

溫健騮和我在艾荷華大學作家工作室，一共相處了兩年，幾乎朝夕都見面，但兩人之間處得並不融洽，那是因為彼此做人和對於一些世事的看法不一樣。可是話題一轉，轉到文藝方面，隔閡立即打破，話題立刻源源不斷起來。這一種關係很奇特，近乎「寡人有疾」，但是聽到他的噩耗後，感覺又不一樣，他的死，使我立即想起赴玉樓之召的李賀，英國浪漫派那些早夭的天才，他以前種種，立刻為我忘得乾乾淨淨，所想的，只是他的作品，他的才華。一方面也是自傷，一種兔死狐悲的惺惺相惜，因為溫健騮死後，應當寫他弔他者，實實在在我並不算是合格的當選人。

我到艾大國際作家工作室（International Writers' Workshop），時當一九六八年，比他先到半個月，聽工作室的副座聶華苓說，這一次香港方面，請了溫健騮，我覺得這個名字非常老氣橫秋，以為這人起碼四十出頭了。哪裏想到乍見之下，原來溫健騮是個年輕的後生，當時他不過二十四歲左右，真是年輕的，所以大家便從此喚他小溫。他個子生得矮小，乍看起來，很像年輕時期的王文興。他戴著一副近視眼鏡，生起氣來，將眼鏡一除，那大大的眼球鼓突起來，很老，也很兇，但是他笑的時候，又露出了年輕人的特質，是一張稚氣的孩子臉，一排牙齒潔白整齊，非常逗人喜愛。小溫的外型，特別是他的面龐，予我的感覺是，他看起來又老又很小。

又老又很小的人，是命中注定要成為詩人的。小溫的一生可說活得像一個詩人——他的死則更像了。他有著狂飆一般的感情，這也間接說明了朋友跟他相處不易融洽的一個原因。做他的妻子、愛人大概更難了。但是小溫自有他溫和細緻的一面，替人設想周到，無微不至，D・H・勞倫斯也是這樣的。根據勞倫斯早年女友傑西・陳柏絲（Jessie Chambers）的陳述，勞倫斯發起脾氣來，使人恨得牙癢癢的；一旦平靜下來，恢復正常以後，又令人忍不住去痛他惜他。小溫可能是家教使然，很注重禮節，換一句話說，他是很要面子的人，雖然聽他自己說，家境一直是貧困的，父母還鬧分居，所以，他可以說是風雨折磨洗練中長大的孩子；他的詩，也就比同年紀的詩人，深刻遒勁得多，因為溫室中長大的花草，充其量只能「強說愁」，說得婉轉動聽而已，而這已經很不容易了。

但是他的詩，有一個我不愛的地方：節奏太緊太促，真是急管繁絃，這一點，在我們傾談的時候，我很坦白地跟他說了。個性倔強的他，聽了只是笑笑，大概沒有聽進去，事實上我不是詩評家，只是說說而已。

溫健騮的詩，愛用黑色意象，對於死特別敏感。有一個時期，他模仿狄倫・湯姆斯很厲害，可以很明顯地看出其中的灰蛇草線。但是，他最愛吟的詩，還是中國詩人寫的，他最崇拜杜甫，說杜甫「及身看到自己的不朽」；他十分喜愛李賀。我個人是李賀迷，兩人在一起，常常揀李賀的警句來背，像是「崑山玉碎鳳凰叫，芙蓉泣露香蘭笑」（〈李憑箜篌引〉），「潘令在河陽，無人死芳色」（〈賈公閭貴婿曲〉），「一方黑照三方紫」（〈北中寒〉），還有「幽蘭露，如啼眼」（〈蘇小小墓〉）等，不過，小溫對於李賀的定評，也跟傳統的詩評看法一樣，是「有句無篇」。他寫詩的一個方向，我想也是學杜，不是學李（賀）。

他呆在艾大工作室的時期，大概因為生活穩定，詩的產量特別豐富，幾乎有一陣子，臺港有名的雜誌，不斷湧現著他的詩作，大家都對他有著很高的期許。詩作多了，他也曾考慮到出詩集，跟我聊天的時候，討論到詩集的名字，他首先擬了一個「待綠集」，後來又想取名「苦綠集」。聽女詩人藍菱日後告訴我，後來小溫出版詩集時，並沒有選用這兩個名字，而用了「帝鄉」二字，是指「帝鄉不可期」嗎？還是其他，就不得而知了❶。

剛才談到小溫喜愛中國詩，事實是，他能夠背誦的古詩，數目真多；尤其是名詩，只消你提一個頭，他立刻能夠接吟下去；像他這種年紀的年輕人，國學根底這樣深厚，委實少見！這大概和他尊翁溫老先生，一直是中學教員，有很大的關係。他的英文也很好，那是因為他在香港一直唸英校的原故。難怪這樣一個中英文俱佳的青年詩人，一到艾城以後，立刻受到主事人安格爾先生和聶華苓的賞識，並賚以重任，讓他協助沈從文研究。小溫也真難得，工作得非常勤快，沈從文的中短篇小說，因而看得非常多，非常廣，這不過證明了他的確是一個具有多方面才華的人。

小溫在作家工作室，先後呆了三年，兩年讀書，取得藝術碩士後，為了從事沈從文研究，又延長一年。然後他到紐約綺色佳的康乃爾大學，再接再厲，專攻中文系博士，我轉到柏克

---

❶《苦綠集》所收是溫健騮一九六四至一九六九年的作品；《帝鄉》所收則是一九六九至一九七〇年間所寫風格迥然不同而不分行的詩作，是兩本不同的詩集。前者未出版，後者已出版而未發行。

萊加大，唸比較文學，兩人之間的來往便逐漸稀疏下來；但是我結婚的那天晚上，他仍然從綺色佳掛了一個長途電話來，一方面向我祝賀，一方面敘舊，電話中，一聊便又叉開了，談了很久。

這是我最後一次聽到小溫的聲音。

為了紀念這樣一位猝然死去（他死於鼻咽癌）的年輕詩人，我願意抄錄一首他的抒情詩〈一個墓地的下午〉其中的起首，來代表我對他的哀思：

還有那許多不曾完結的，
一句沒實踐過的話，
一些黑色的慾念
猶隱伏在你已爛的心裏……
那次的眉跳
……

這首詩原載一九六七年九月份《純文學》（一卷六期），我讀了以後，不止一次的叫好，還跟小溫說，想寫篇文章來評介它。不想評介未作成，小溫已作了古人，抒情詩變作了輓歌，也是千變萬化人生中，一樁小小的諷刺吧？一向善作瀟洒狀的小溫——其實，他的內心，是很緊張很認真的，泉下有知，是否會淡淡的付之一笑呢？

一九七六年八月六日寫於小溫物化後第二月

（後記：這篇悼文寫於九年前，一擱便是九年，因為小溫死前激烈的政治立場，這篇文章不能在臺灣刊出。最近翻箱倒篋，又翻出了這篇文章，寫得頗為「真摯」，因此不恥「黃花」之嫌，一方面也是自己一向不喜寫弔祭之文，亦有敝帚自珍之意。小溫一去快十年，流水十年間，人事變遷很大，如今他的詩集大概在書店裏也難找到了吧？尤其像他這樣一個可以傾談文藝的朋友，更是少之又少。思之惘然。）

（再記：又過了十年，今年是一九九五年了。趁著新書付梓的檔口，又把它翻了出來，擱在新書內，想起小溫已經亡故了近二十年，歲月悠悠，若是此刻還有感慨可言的話，那便是自己真的老了。）

輯二

影評・書評

麻雀不能變鳳凰

——我看「麻雀變鳳凰」

「麻雀變鳳凰」原名「美女」（Pretty Woman），在臺北聯映數月，是一部相當叫座的影片，我卻始終無緣識荊。寒假中返美，特地買了一卷錄影帶（是特價，只花了我美金九塊七毛）來欣賞，初看我不覺得怎麼樣，再看還是頻呼泛泛，但是感想滿多，寫在下面。

麻片是「灰姑娘」的九〇年代版。九〇年代的年輕人真是甚麼都不在乎了，也甚麼都敢嘗試了，包括當娼當盜吸毒。麻片的女主角茱莉亞勞勃茲（Julie Roberts）年輕貌美，有著鮮艷的肉體，但她偏要去當娼，而且不是應召女，是好萊塢大道上品斯濫矣的阻街女。根據她的自供，她高中時成績不弱，及笄前，也有著一般少女的青春幻夢，夢想自己被禁錮在古堡的閣樓上，一個遠方來的白馬騎士，揮戈一舉，將她自困厄中救出來。

但是這個名叫費雯的女孩子，卻在好萊塢大道上玩「真」的。她佝僂著腰，螂形鶴勢的步伐，是久慣牢成的淫賊之相，不是初旅斯地的雛兒。她塗著血盆大口，頭戴一頂黑色軟毡帽，扛在淡金色的假髮上；身穿一件挖心的白色坎肩，露出襯底的黑色蕾絲胸罩，黑色皮短褲，再加上肩上落地而掛的麂皮包，腳上長過膝彎的鏤花長統皮靴，這副流鶯雉雞的裝扮，夠逼真的了，也像北京人的打話，夠「嗆」的了。

這都是好萊塢夢工場泡製出來的幻象，為了捧紅他們新出爐的銀幕青春偶像茱莉亞・勞勃茲，而這位正當妙齡的女星呢，也的確不負眾望，演得中規中矩，看來今年奧斯卡金像獎，很有可能落在這位長得有幾分像當年茱莉克麗絲蒂（Julie Christine）（也是一位金像獎影后）的女星頭上。

但是好萊塢的疆場上，武林高手甚夥，要想締下一回城下盟，扳回一座奧斯卡，亦非易事，於是主事者替茱莉亞勞勃茲設計了一套「勾、搬、沖」的指法，其中最要者，便是這雛妓的聲口扮相與步伐了，這使人不由得想起京戲旦角裡的踩蹺（裝小腳）與蘭花指的做工，兩者都是「非我其誰」，迫令觀眾喝彩叫好的絕活。

這，茱莉亞當然一一做到了，這以後的要求，有如時裝表演，這對女明星來說，純屬份內不難做到。於是，時裝專家一連串地替她設計了雞尾酒服（袒胸露背的黑色迷你禮服）；看義大利歌劇用的紅色夜禮服，外加一條價值二十五萬美元的項圈；白底灑咖啡色圓點、配以同色圓帽、出席馬球比賽的下午服……而茱莉亞能夠毫不做作的穿在身上，表現了那股瀟灑勁兒，用美國俚語來說，便是cool，很有後現代主義那種即興、凡庸、不在乎的味道。

好萊塢資深女星珍妮華德（Joanne Woodward）曾以主演「三面夏娃」（Three Faces of Eva）而獲獎……。影片描寫一個患人格分裂症的女性，具有三重性格，珍妮經常在淑女、淫娃、職業女性之間遊走，最後，精神病醫師如驅魔法師，將兩重性格上的障翳揭開，水落石出後，夏娃得慶重生，而一座閃閃發光的金人兒，也就落到珍妮懷中。

二十一世紀到臨前九年，兩面夏娃用不著托言是精神病患：她儘可以今宵徜徉於好萊塢大道，明晚住進比佛利山美如天宮的大飯店，毋庸掩飾自己的真實身分，但問題也就出在這裡：灰姑娘找到她心愛的白馬王子——片中是一個四十來歲的億萬富翁，由性感男星李察吉爾（Rivchard Gere）飾演——過後，即使後者照著她開出的條件，亦即依樣照抄童話結局娶她，他們兩人可以快樂又平安地生活一輩子嗎？

答案自然是不可能的，因為其中的矛盾太多太大，即使犬儒如男主角愛德華盧渥斯，表示兩人有著共同點，都是「靠『整』人來賺錢（screw people for money）」。（這裡，screw 是個粗字，頗類閩南語中的「幹」字，同時兼具「擺平」的歧義）。

最可憐的是男主角李察吉爾，這個有著鼠眼銀髮——在片中，華髮是裝上去的，用以代表他的年齡——的男明星，演技真糟，一無是處，反襯得茱莉亞勞勃茲越發光豔萬丈，轉動照人。二十多年前，邵氏的「梁山伯與祝英台」，捧紅了凌波一人，差堪比擬。看來李察吉爾沒有得到分毫好處，只充當了風箏底下那根線，在風箏「好風憑借力，送我上青雲」之際，誰還會惦記風箏底下那根微不足道的底線？

我替李察吉爾不平。

中譯名「麻雀變鳳凰」頗值得商榷。第一，費雯不是麻雀，是流鶯，也是雉雞，正確的譯名應是「雉雞變鳳凰」。這部結局令人不敢接受的影片，在美國賣座，在臺灣也大走紅運，不知與我們的賓館文化，有沒有關聯？現在的社會，不止是笑貧不笑娼，而且進化到笑貧娼，不笑富娼的層次。女主角費雯初次光臨比佛利山那家女裝店，因為一身吊兒郎當的流鶯裝，不但遭到女店員的白眼，而且被她們趕出店門。第二天，在富商愛德華的陪同下，她利用信用卡，浪費得近乎「暴殄天物」——愛德華使用obscene（猥褻）一詞，來形容自己的揮霍，購下了大包的華服——立刻轉過身來，拐進昨日峻拒她的那家女裝店，大大羞辱了那些有眼無珠的女店員一頓，稱心而去。連自己也是富貴中人的愛德華也說：這些店舖中的兔崽子，是只信信用卡不信人的。也許，正是影片這一種徹底的犬儒作風，贏得了觀眾的心嗎？

我看也未必。看來還是茱莉亞勞勃茲，是眾人共視的焦點。

那麼，中譯名「麻雀變鳳凰」用來暗喻女明星茱莉亞勞勃茲的脫穎而出，平步青雲，也許就說得過去了。

我不喜歡「玻璃玫瑰」

我不喜歡「玻璃玫瑰」（The Voyage）。「玻璃玫瑰」是一部相當淺俗的電影，不知道為甚浪得虛名？賺得這麼許多知名人士的謬獎稱許，在媒體上？

「玻璃玫瑰」玩弄的一套玄虛，是「偶合的偶合」（coincidence of coincidences），這一個老掉了牙的套式，瓊瑤早已玩膩了的，為什麼德國人也來上這一套，我們就鼓掌叫好，而不報以噓聲？瓊瑤的很多作品，加以細心的製作，是可以達致「玻璃玫瑰」的效果的，然而，傳奇性太濃，「偶合」玩過了頭，搞豁了邊，觀眾覺得被欺騙了、被玩弄了，「把花錢的大爺當三歲的小孩看待」，觀眾只好望望然去之，任憑那飽經風霜的男主角演來似模像樣，尚稱職守，仍然挽救不了「玻璃玫瑰」失敗的命運。

古希臘悲劇「伊底伯斯王」（Oedipus Rex），說的是一個類似「玻璃玫瑰」的悲劇，在不知情的情形下，伊底伯斯王犯下了弒父姦母的大罪；然而，悲劇的幕後成因，卻發自阿波羅神廟的一道靈籤；神的意旨，也就是宿命論，才真正是伊底伯斯王的悲劇成因，這樣一來，「偶合的偶合」就增強了說服的力量；即使在二十一世紀即將來臨的今天，這宿命論的觀點，在有人類的地方，就不易被推翻。伊底伯斯王被推許為千古第一悲劇，和國王本身的英偉英明、命運的不可抗拒，是有著密切的因果關聯的。反觀「玻璃玫瑰」的男主角，只是一個極尋常的「費倫德來兒」（philanderer）（拈花惹草者），性格上有那一點能跟勤政愛民、宵旰殷憂的伊底伯斯王相比？所以，他自己最後玩弄（事實上等於是姦污）了自己的親生女兒，我們（觀眾）看了當然也有幾分震驚，但隨即覺得莫名其妙（因為太偶合離奇），然後又嗤之以鼻地不齒這個其貌不揚的中年男子（誰教你要出來玩幼齒，老牛吃嫩草？既然要出來玩，就先把記憶澄清一下，自己有沒有留下甚麼孽根禍胎，免得立刻現世現報）……諸如此類的反應，無法提昇觀眾的情操，淺俗得很。因之，把「玻璃玫瑰」往伊底伯斯王旁邊一放，優劣立判，當然不能達致希臘悲劇那種令人震懾與憐憫的效果。

不過，「玻璃玫瑰」的編導可能挺身而出：我們寫的並非二十世紀的希臘悲劇。現代的觀眾不要看希臘式的悲劇；這話有理！但總要編出一齣戲來感動一下觀眾呀！難不成今日的觀眾已經進步（sophisticated）到不需要到戲院來尋求感動（有時是娛樂）了嗎？要是戲劇本身已經「疏離」到觀眾與戲劇之間，不再尋求溝通了，那麼，這便是一種「反戲劇」（anti-drama），那我情願在家中看看書、睡睡覺、理理東西好了，何必興師動眾，到戲院裏去尋找這樣的疏離感呢？

我看的「玻璃玫瑰」是院線聯線的潔本，其中一些父女通姦的床戲，相信已被刪去了，這是片商積陰德的地方。否則，腦子裡殘留下這些父女亂倫的鏡頭，事後想想，真是令人作嘔，這都要怪「玻璃玫瑰」的編導，捏造出這種令人泛胃的劣作贗品，還自誇為藝術佳作！不是我在這兒冒充衛道者，而是亂倫的題材，實在令人無法接受。除非像伊底伯斯王犯下的亂倫罪，那是情有可原的，那當然也歸功於莎福克里斯（Sophocles），因為他是一個卓越的編劇，而「玻璃玫瑰」的編劇不是。

我看「香魂女」

也是柏林影展金熊獎得主之一的大陸影片「香魂女」，最近在上海上映，春假期間我因為流行老歌事又臨滬濱，因此拜託老友朱乃長兄一定要帶我去「看」，於是在東湖戲院（舊時法租界杜美路上的杜美戲院）看到了，非常高興。

「香魂女」是大陸上自稱「第四代」的導演謝飛的作品。謝飛比較出名的影片還有「湘女蕭蕭」（改編自沈從文的同名小說「蕭蕭」）。「香魂女」由現旅居瑞士的大陸影星斯琴高娃領銜主演，演來演去就她一個人的戲，角色甚為吃重。

無獨有偶，「香魂女」訴說的也是一個婚姻的故事，與另一得獎影片「囍宴」不約而同談到了中國人的「心」病：婚姻與宗祠問題。因此兩片都有盛大的吃喜酒場面，「囍宴」的導演李安說，他這樣做是為了強調婚姻——以前人說的「終身大事」——在男主角心理上構成的壓力；謝飛人在北京，若是我們有機會訪問他，可能他會做出類似的「供狀」，也說不定的。

「香魂女」使我想起陳凱歌的著名影片「黃土地」，該片說的也是一個婚姻的故事，影片一開始，也是吃喜酒，最後的一個鏡頭，又是花轎抬在黃土地上，鑼鼓吶噴一路敲打而過。兩片都是替中國千古以來受壓迫的女性喊冤，所以我將這類影片，歸於女性主義的作品。「囍宴」就無法歸類，「囍宴」是李安用平心靜氣、不偏不倚的手法，替同性戀者做出的申訴檔案。

從取材方向的迴異，多多少少可以看出兩岸文藝創作的走向，大陸尚未擺脫教條框框，像我的朋友老朱，一聽我說「囍宴」主題是說同性戀，馬上就搖頭說不要看了。

「香魂女」的故事非常一目了然。一個聰明俊秀又能幹的閨女，只因為家貧吧，嫁給村裡開香（麻）油店的少東，這人是個跛子，可能還有先天性的羊癲瘋。姑娘一氣之下，企圖跳到屋後那條製造香油的香魂河裡，被婆婆勸了下來：「妳還是認命了吧！」這一認命便認了三十來年，影片裡香油店的女老闆（斯琴高娃）與觀眾初次見面時，少說也四十掛零了。

她有了自己的私房情人，一個供銷合作社的運貨司機，由一個名叫陳建國的男演員飾演，聽我的「嚮導」老朱說，此人在大陸大大有名；另外飾演斯琴高娃丈夫的男演員聽說也非泛泛之輩。可惜東湖大戲院厲行節約，找不到也買不到有關「香魂女」的任何文字資料。只好在這裡向讀者開一記「天窗」，東湖大戲院還有一件令人發噱的事，容我暫且按下不表，稍後再提。

香魂女跟私房情人有了個私房女兒，只好暫且寄養在丈夫名下。她的第一個孩子快二十歲了，卻是個智障兒，間或還會發羊癲瘋，不過有時還懂得採朵荷花，向鄰村貧家的女兒獻花示愛。

所以香魂女每次逢著丈夫求歡，為了防患未然，都會偷偷吞下一粒避孕丸，香魂女心頭之苦，於此可見一斑。

日本人看上了香魂女麻油店的產品，因為香魂河水甜美，再加上古法炮製，遐邇聞名，連遠在東京的女老闆也聞香而至，帶著翻譯坐著豪華轎車來蹉商中日合作。於是，斯琴高娃第一次與外界有了接觸，而且對象是個女人。

她在陪同女老闆遊香魂河的同時，在河上道出了香魂河的掌故：是前清乾隆時候吧，一對不該談自由戀愛的青年男女投河殉情了。自殺後，他們的屍體浮了起來，化為水鳥雙雙沖天飛去，從此這條河遂更名為香魂河了。

可堪注意的一點是：這則美麗的神話，是藉著麻油店女老闆的口，向日本老闆娓娓道出的。後來，這兩位代表中日雙方的女老闆，又在城裡進行了另一次的磋商，於是，斯琴高娃又進一步透露了自己幼時盲婚被綁上婚姻刑場的經過。

「家醜不可外揚」，謝飛這一弔詭式的編寫，「不情而情」，一方面雙方都是女人，女人是最能了解女人的苦痛的；一方面麻油店女老闆的痛苦，也代表了一般中國女性的痛苦，這不正像張愛玲十分欣賞的一種民間曲藝，「無錫景」：「小小的無錫景，唱撥拉諸公聽。」而這次的袞袞諸公，便是柏林影展席上的男女裁判。謝飛沒有「見外」，讓斯琴高娃不溫不火，娓娓道來，手法細膩「女性」，頗見匠心。

待在那城裡高級飯店裡，斯琴高娃只一個人，聽女翻譯說，日本女老闆年逾知命，因為忙事業，未婚，今晚上到另外一個飯店去會見一個男人了，不能陪她了，請她「隨喜」吧。那男人呢，大概是女老闆的情人吧？

日本女老闆因為沒有丈夫，問題似乎簡單得多，在這裡，謝飛輕輕一筆，點出許多問題。所以斯琴高娃一回去，第一個面對的，不是麻油廠的機械化問題，而是替丈夫留給她的孽種、白癡的兒子求配的問題。

她看中了兒子也中意的鄰村貧女秀秀，但是秀秀已經有了人了，就是她店裡年輕的夥計。斯琴高娃為自私的母愛心驅使，搖身一變，變成了讓白雪公主吃毒蘋果的女巫婆，她一方面以金錢作餌，把夥計調到麻油廠城裡的辦事處去，一方面用重金（人民幣一萬四千元）下聘，迫使秀秀的雙親在重金下，立刻乖乖就範。

於是，觀眾在銀幕上，看到了謝飛精心安排下，農村裡一場半寫實半夢幻式的婚禮，場面盛大壯觀，不下於「囍宴」裡那場紐約大飯店裡舉行的喜宴。

一艘類似端午節龍舟的綵船，由二十名半裸的壯男，頭頂腰際繫著紅綢，敲鑼擊鼓，自河面飛掠而過，這是斯琴高娃派去迎親的禮船？這是謝飛在那兒賣弄中國式的異鄉趣味了。

香魂女傻兒子的喜宴進行到一半時，我們看到迫不及待的白癡新郎，迫令新娘脫衣，然後在賓客驚詫的眼光下，高舉著新娘「投降」的褻衣內褲，涎口哆舌地說：「這……是我剛才剝下來的。」羞得連媒婆也臊得抬不起頭來了。

「囍宴」裡也有類似的一場戲，新郎與假新娘被鬧房的眾賓客強摁在被窩裡剝去兩人的內衣褲……這才引發起後來因為假鳳虛凰珠胎暗結、尋求解決途徑的一場主戲。

柏林影展的評審諸公一定覺得詫異，海峽兩岸的導演，怎麼都會對鬧房這樣粗俗的婚禮習俗，感到興趣？也許他們會納悶：表面上看來一無表情的中國人，有時候會比義大利人更加豪放、更加肆無忌憚的？

新過門的秀秀，日子過得跟小媳婦差不多。有一天，新郎倌的羊癲瘋發作了，新娘被毆打得遍體鱗傷，差一點被扼死。新娘嚇得連夜逃回家去，不敢再回來。

三星期後，斯琴高娃雄赳赳氣昂昂走到新娘家去，對親家母說：「妳女兒是我家花一萬四千塊錢娶來的。妳女兒要回家也行，得把聘金還清了，外加利錢！」

秀秀低頭跟著婆婆走回家中。可是，斯琴高娃到底自己不是個行得正、站得穩的人，她與私房情人的姦情，逐漸被媳婦發現了。

有一天晚上，吃得酒氣醺醺的丈夫回到家中，香魂女稍微應承得慢了一點，就飽受了丈夫一頓拳腳；再加發現她暗藏的避孕丸，益發火上澆油，一面痛罵「臭娘們」！一面揪著斯琴高娃的頭髮去撞壁，一面嘟嚷著：「原來下不了種，是吃這個！我問妳，」一句話問到斯琴高娃臉上，「女兒是不是我的？」

第二天，在家中過道上碰見秀秀，斯琴高娃喝令：

「死丫頭，外邊有半點風聲，撕破妳的嘴！」

有一天，私房情人又來跟她幽會，碰巧秀秀跟白癡丈夫因為天熱，睡在屋頂上，被她覷見了。更令此忐忑不安的斯琴高娃心痛的是，陳建國也覺得近來家中多了一雙伶俐的眼睛，「風聲太緊了」，「咱們還是——斷了吧！」

斯琴高娃立刻就要炸開來，跟他大吵，但又不能；正在拖拖拉拉、撕纏不開的時候，「武大郎」回來了，「西門慶」立刻跳窗而走——秀秀就站在窗子外邊，他狼狽的形象，被她「逮」

個正著。

斯琴高娃懷著鬼胎，七上八下了好幾天，也不知道秀秀會不會去搬嘴——該輪到是她的日子不好過了。

她還硬撐著，一天晚上，獨自駕著小舟，在雨疏風驟中，找尋到那她跟情人經常幽會的蘆花蕩中——他卻再也不來了。她在昔日幕天席地的蘆葦中，呼天搶地，痛悼似地放聲痛哭，哭她自己的命運不濟，也哭她情人的負心……。

秀秀果然守口如瓶。這個貧家出身的苦命女子，比婆婆更了解做女人的痛苦。甚至有一天，她跑到婆婆曬衣裳的屋頂上，對滿臉憔悴的婆婆說：「媽，我知道妳心裡苦……」

只有女人最懂得女人心，斯琴高娃終於覺悟了：這樣善良的媳婦，她不忍心把自己一輩子吃的苦，再加到媳婦身上去，於是，一念之下，她頭頂上生出了燦爛的圓光，她決心放秀秀一馬，讓她回到舊日的情人身邊去。

就這樣，婆婆跟媳婦在香魂河畔浣衣的石磯邊，進行了一場命運性交心的對話。就在這時，電影院的發音設備跳機了，我們在銀幕上看到斯琴高娃跟秀秀的嘴唇在嚅動，可不清楚她們在說甚麼。打一個不遜的比方，就彷彿一個人垂危時，家人聽不見他臨終的遺言！悽慘中略帶點滑稽。

在大陸，常常會遇到令人啼笑皆非的鮮事，這不過是其中之一。

看「阿甘正傳」，想起阿Q

「阿甘正傳」的中文譯名很有意思，跟魯迅的《阿Q正傳》只差一個字，這譯名不知誰取的——也許是香港方面來的？不管哪一方，都取得很有學問。暑假裡在美國便看過一遍「阿甘」，十月下旬在臺北有機會重睹一遍，一看再看不覺膩煩，並且不自覺地與魯迅那篇並沒有速朽的大作加以印證，覺出一些心得來，不嫌譾陋，林林總總，臚陳於後：

民國十年十二月問世的《阿Q正傳》，與一九九四年出爐的美國超級影片Forest Gump，相距七十三年。當時，俄國建立「布爾雪維克」工農兵政權不過兩年，中共政黨剛才呱呱墜地，據說誕生地在嘉興南湖一艘小船上，魯迅在共黨降世不久，適逢其會寫下了《阿Q正傳》，根據後來文史家的說法，魯迅的如椽大筆，是要拔除壓在中國人民頭上的三座大山，真可謂「力拔山兮氣蓋世」！

而在後資本主義社會下問世的「阿甘正傳」，共產主義已經經歷了幾近一世紀的興衰陵替，終告式微；在後現代的社會，非主流取代主流。當權者甚至於不再具有權威形象，而成為被戲弄的對象，像是阿甘幾次以「明星」（celebrity）身分，謁見歷屆美國總統：甘迺迪、約翰生、尼克森，因為心智低落，每次都弄得褰裳裼裼、袒裼裸裎，大出洋相。幸得美國總統天性幽默，頗善解頤，雖小錯不及大亂，草草尷尬收場。

七十年前的《阿Q正傳》，寫到「不准革命」那一章，說阿Q不知好歹，正經場面也敢去鬧場；像未莊的假洋鬼子，正在興高采烈地對著趙白眼侃侃談論革命大事，只因為阿Q無緣無故插了半句嘴，便遭到假洋鬼子哭喪棒的無情吆喝，被趕到錢府大門外。

餘如當權派趙太爺、舉人老爺、把總……因為用不著巴結選民爭取選票，全都鐵板著臉，半點幽默感俱無，白癡如阿Q，撞在他們網裡，只有白賠性命的分兒了。

美國製片家鏡頭下塑造的阿甘，與魯迅筆下的阿Q，同屬低能兒，智商一律不及八十，但阿Q出身赤貧的普羅階級，不像阿甘，有著不准接受正常兒童教育的苦惱。兩人因為階級出身不同，起跑點已有顯著差別，最後得出的結果也就南轅北轍：阿甘成功，阿Q失敗。這一點，馬克斯主義的文批理論依然派得上用處，此所以資本主義社會的文藝產品，對象永遠是中產階級；而魯迅的《阿Q正傳》，閱讀對象雖然也鎖定是中產知識分子，卻有意轉化知識分子的思想，進而同情革命、支持革命，所以早有人說過：「看《阿Q正傳》，許多人覺得好笑，我卻一聲也笑不出來。」

我也是這樣的。

看《阿Q正傳》不覺好笑，看「阿甘正傳」卻不覺捧腹大笑。阿甘、阿Q同屬唐吉訶德傳的曾孫、玄孫，但阿甘卻是反諷又反諷的翻版：有這樣好運的今世唐吉訶德？戰勝先天的殘疾（跛足）不算，又在越戰中戰勝頑敵、勇救袍澤，最後贏得一枚《阿Q正傳》中所謂「銀桃子」動章。阿甘又是萬人豔羨的美式足球英雄，打開中（共）、美外交困境的乒乓球神手。最後，最使人吃驚的是：有一天阿甘居然成為慢跑走天涯的環保運動健將，只因為他的心上人珍妮（Jenny）恥於下嫁智障人，一夜纏綿之後離他而去。

財富、盛名……許多人一輩子追尋不到的唐吉訶德式的幻夢，在這個今世「派樂底」（parody）化身的「唐吉訶德」先生身上統統實現了。憨人真有憨福。阿Q忝為憨人，卻罕憨福。阿Q腿也很長，也像阿甘那樣會飛跑。阿Q也曾經發過財，這財卻是儻來之物，帶給他殺身之禍。他也雖然像阿甘那樣，將唯一的女性朋友吳媽當作戀愛的對象，卻因為不善表達，被未莊的女人視為色情狂，連五十歲的鄒媽都遠遠避著他……

然而通過阿甘、阿Q一雙眼睛看到的這個世界應屬一樣的，因為他們都是白癡。不過，反映在他們的行為模式上又截然不一樣：阿甘忠厚，阿Q刻薄。是因為他們天性使然，還是種因於他們處身的社會？在這裡，「阿甘正傳」的塑造者使用了一點點障眼法，而魯迅沒有，我們觀眾所看到的阿甘世界，也就像童話一樣的幻麗美好了。

當今美國的社會風氣澆薄、浮華、機智以外，又充斥著一股暴戾之氣，有識之士害怕從此美國人會墮入萬劫不復之境。電影原本是夢之工廠——替一般小市民製造的，於是，曩近之時，出現了一批「偽樂觀主義」（pseudo-optimistic）的作品，而「阿甘正傳」正是此種翹楚，另一部「愛在紐約」（It could happen to you）也不賴；又有一部尚無譯名、琥碧戈柏主演的（Corina！Corina！）亦屬同一類型，這樣，讓受到不景氣工商業愁雲慘霧壓榨得喘不過氣來的美國消費大眾，在黑暗的大廳中作兩小時不切實際、羅曼蒂克的彩夢，也是情有可原的善舉吧？

「阿甘正傳」的主角，雖然愚昧得可憐，卻天生一副「單純的心」（a simple heart），使人想起佛樓拜爾一部著名的小說；這一副菩薩心腸，根據我們東方人的看法，替他積下了多少陰德！單憑這一種善行：厚葬黑人好友巴布（Baba），對童年女友珍妮永不變心，又救出後來成為捕蝦船大副的越戰中尉軍官，他的一生之所以能夠逢山開路、遇水架橋，說來也不能完全是天佑斯人吧？好萊塢的暢銷電影，居然灌注了一點東方式的積陰德思想，是我看過「阿甘正傳」以後始終揮之不去的一個贅思。

獵戶星下，羔羊沈睡著

——解讀「沈默的羔羊」

一

「沈默的羔羊」在臺北上映時，我看過一遍，迷迷糊糊，不大懂，假期中回美，錄影帶大減價，買回來連番看兩遍，大部分看懂了。不過片中心理病醫生的對話，文縐縐的，聽不大清楚，好在原著因為影片獲得五項金像獎，洛陽紙貴，坊間很易購到，買來一讀，許多影片中的疑雲都一一廓清了。鑒於觀眾的眼光，往往集注於下一屆金像獎身上，我這時不鹹不淡推出一篇評文來，是否有明日黃花之憾呢？我個人不這麼想，最主要是「沉默的羔羊」這部電影難懂，尤其難懂的是心理病醫生這個角色，寫出來也許對看不大懂的觀眾有點助益；另一點吸引我的地方，是「沈默的羔羊」看來像一部「後現代主義」的影片（編劇Led Larry

，原著Thomas Harris）——至少在我看來，「著痕」（trace）甚深。但*The Silence of the Lambs*是不是一篇「後現代主義」的「書寫」（discourse）呢？我看來看去，又覺得貌合神離。大凡排行版暢銷書在推出袖珍本時，例必要在封面後摘錄幾句名家「珠玉」，「眾口鑠金」，以利推銷。我審閱一下，也沒有「後現代主義」的字眼，有的只是懸宕、戰慄、怵惕之傑作等褒詞。

毋庸置疑，「沈默的羔羊」（我個人覺得原名翻作「羔羊無語」，甚至於文藝腔十足的「曉夢迷蝴蝶」都較現譯「沈默的羔羊」切題），無論電影或者小說而言，都屬於病態心理分析以及恐怖觳觫類別的「書寫」（discourse）。但原作者Harris為了某種原因（也許是討好讀者）將「後現代」的痕跡淡化了，到了改編者手裡，這種色素又被調濃起來，因為電影最多不過兩小時，便於濃縮；而小說範圍較廣，人物往往「順便」發展，一發展便偏離了「後現代」的射程。像是女主角克勞累斯・史塔琳（Clarice Starling）的頂頭上司傑克・克勞福（Jack Crawford），在原著中是聯邦調查局（F・B・I・）的小組長，為人幹練，知人善任，所以他揀中了還是學員身分的史塔琳，讓她來擔任這出生入死的尋凶（綽號「水牛比爾」（Buffalo Bill）的詹米・根（Jame Gumb））、訪凶（綽號「吃人魔」漢尼巴（Hannibal the Cannibal）的心理病醫生勒克特（Dr. Lector））任務。在小說中，克勞福是一條正直漢子，他盡忠職守，是聯邦政府的標準公僕，在緝凶過程中，又分身來照顧身患絕症的病妻葆拉，最後葆拉死去，克勞福的鼓盆哀思，在小說中占去了很多篇幅。到了影片，被編劇一筆刪去，變成一架冷冰冰的追凶機器，默默契合了「後現代」那種「偏離主流」（de-centering）、反「開明的人性主義」（Liberal Humanism）路線（「偏離主流」一詞，見琳達・赫倩 Linda Hutcheon 一書《後現代主義之詮繹》，*A Poetics of Postmodernism*）就連女主角史塔琳本人，小說中也較正常，不像在電影中，一路峻拒男人的追求，先是監守勒克特醫生的「欠通」醫生（Dr. Chilton），後是史密尚尼科學館（Smithonian Institute）的昆蟲學家。緝起凶來，心狠手辣，不眠不休，恰似一名尋求心理治療的反「開明的人性主義」、「偏離主流」的精神病患。

二

影片一開始，我們看見受訓中的史塔琳，賽跑似的往前奔……情節往前推展，鏡頭又照見她的室友陪她一同鍛鍊……勒克特醫生殺死兩名警衛，越獄成功……壞消息先傳到室友耳中，她聽完電話，聽筒不及掛上，懸掛在半空中，鏡頭又照見她急急狂奔而去……

奔逃是「沈默的羔羊」故事中的一個「結」，與學名叫「地獄陰陽河」（Acherontia styx）（源自希臘神話）的毒蛾（Death's head Moth），同屬不容忽視的「鍵」，解開它們，也許我們可以解開故事中的一些疑團，當然都與女主角的「心靈空間」（Psyche）有關。

且讓我從頭說起。

三

美國中西部到南部，不同的河流，不同的時間，出現了五具浮屍，一律是年輕女子。浮屍發現的地點，並無一定的規則可循，是做案後的「任意」拋擲。令人駭怪的一點是：這些被殺害的女子並非全屍，皮都被剝了下來。

F・B・I・「人類行為科學組」的組長傑克・克勞福接辦了這樁無頭案。根據他的初步研究，殺人者屬於「連續犯」(Serial Killer) 類型，他找來了尚在受訓的準密探史塔琳，指派她去採訪一位業已瘋狂的心理病醫生漢尼巴・勒克特，進行問卷調查。勒克特醫生執業多年，忽然瘋狂，專揀自己病人下手，殺害後將其心肝臟腑吞噬，形同獅虎。所以調查此人的犯罪行徑，也許可以幫助了解「水牛比爾」的做案模式。

勒克特醫生與「同儕」不同之處是：學養高深，品味卓越，捨精神病專業知識外，詩歌繪畫烹飪音樂，無一不精；而且口若懸河，滔滔不絕，又像是尼采、莎士比亞的幽靈鑽入腹中，成為他的腹語人。

勒克特醫生尚有一項異稟，那便是嗅覺靈敏，也像野獸。他能聞得出史塔琳臉上Evyan

面霜，身上的L'Air du Temps法國香水。小說中，他越獄成功，住進一家五星級大飯店，侍者替他端來了白酒，他不許侍者碰那酒杯，只因為侍者腕錶的皮帶，氣味難聞。

這樣細緻敏銳、謫仙似的「超人」，竟會是嗜血如狂的吸血鬼！

難道他竟不嫌那血腥氣？

天使／野獸，上帝／魔鬼，天才／瘋子，醫生／病人，極端矛盾的對比（Oxymoron）——文學上的一個修辭術語；或者說，二元對立的共生物（Binary oppositions）——現代文評家最喜用的一種術語，奇蹟似地，在勒克特醫生身上出現了。

他就是「偏離主流」、反「開明的人性主義」的一個代表，也是「後現代」最喜模擬的一個對象。

四

而監守勒克特醫生的，竟是一位自稱是醫學博士的郎中「欠通」醫生（Dr. Chilton），因此常受到勒克特輕蔑的嘲笑。「水牛比爾」捕獲到第六匹「獵物」——參議員馬丁夫人的女兒凱撒玲時，F．B．I．內部一陣大亂，只有緊緊追逼勒克特，希望從後者口中，套出「水牛比爾」的真實姓名。

史塔琳初次調查勒克特時，他自己就坦陳指出，史塔琳奉主子之命，假借「問卷調查」之名，暗中進行調查水牛比爾一案。

魔鬼有所謂的第六感，勒克特自不例外。經F·B·I·多方套供下，勒克特終於提供出，水牛比爾的真實姓名是比利·魯賓（Billy Rubin）；說來好笑，字母排名的靈感，得自「欠通」醫生的姓（Chilton）。Billirubin是糞便中的一種染色劑，用化學方程式再寫一遍，含有「欠通」醫生姓名中的多項字母，不過每一字母下，多了一些數字而已。

這很像我國古小說中，將作者鄙夷的角色，說成是「米田共」一樣。「欠通」醫生也是「偏離主流」、「後現代」色彩濃郁的一個角色。

五

事實上，勒克特醫生是知道水牛比爾的真實姓名的——他叫詹米·根，曾經接受過他的心理治療。不過，勒克特要保留這一招，來考考他新收的「門徒」史塔琳；對於旁人，他是守口如瓶，口緊得很。

勒克特除了喜歡惡作劇，更喜作弄權威，參議員馬丁夫人為了挽救女兒的性命，答應替勒克特換一個好監牢，條件是後者說出水牛比爾的真實姓名與住址，好讓F・B・I・將其迅速追捕到案，這樣，她說，「大家聞起來就像玫瑰花一樣香了。」(Everybody smells like a rose)因為F・B・I・是政府頭一號機關，連政府官員子女的性命都無法保全，威信何在？

在電影裡，勒克特醫生與參議員馬丁夫人「面對面」談判時，勒克特出言穢瀆、三言兩語便堵塞了談判之門，在馬丁夫人怒吼「把這個下流胚子送回巴的摩爾！」聲中，結束了這場不愉快的「喊話」。

天神或者魔鬼都是一意孤行，後果不計的，因為祂們天威莫測，或者魔高一丈，豈屑與眇小的人類週旋？小說中的勒克特醫生就顯得馴善了許多，不那麼「犬儒」，雖然同樣出言不遜，在同一橋段，不像電影裡那麼頑冥不靈、囂張恣肆，勒克特成為一個聰明的凡人，在那兒步步為營，與馬丁夫人打硬仗，失卻了銀幕上的萬鈞劇力。編劇是聰明的，略一騰挪，捕捉了「後現代」的雲影天光，值得喝采。所以我一直認為，電影編劇不能死抄原著，而是凸顯原著的神韻！

六

電影喜歡把勒克特醫生往上帝和魔鬼身上拉，並且有意無意作出暗示，讓觀眾作出宗教上的聯想。譬如在一次冗長的對話中，史塔琳為了套取水牛比爾的情報，不惜答應勒克特替她進行精神分析——當然一方面是勒克特主動提出，為了逞能，證明他雖然瘋狂，畢竟寶刀未老，是一等一的精神病醫生。另一方面，也可看成是勒克特魔性中帶有人性，或者神性，希望挽救史塔琳於沈淪的邊緣。換言之，要是她幼年一段救羊的「創口」（Trauma）未解，夢中羔羊的慘呼不予遏止，安知她不會演變成為第二個水牛比爾？當然，她投身於F·B·I·這種危險的行業，不是殺人，就是被殺，動機就充滿了先天上的「弔詭」（paradox）與「嘲弄」（irony）。

這種行業，「教我們既關心又不關心；教我們要永遠保持鎮定。」這是史塔琳的「永夜角聲悲自語」，一方面也道出，這一種行業的「野蠻與非人性」。

有趣的地方是：史塔琳將艾特的 Ash Wednesday 的 " Teach us to care, and not to care / Teach us to sit still " 稍稍變動了一個動詞，就變成了F·B·I·工作同志的座右銘。

再進一步推論下去，蝴蝶與毒蛾，在未經孵化脫繭飛出之前，看起來不都是一個蛹？

話休絮煩，卻說這兩人進行這場談話時，引用了一個小小的拉丁成語 quid pro quo（投桃報李）作為開場白。換句話說，這是一場公平的「交易」，彼此坦誠相見，誰都沒有騙誰。年輕無知的史塔琳，面對勒克特醫生，就像天主教儀式中的「告解」，神父用拉丁文作引子，信徒進行「告解」，講完了，靈魂上的瘡口也被洗滌清潔、癒合了。

勒克特利用「移花接木」、「金蟬脫殼」巧計，殺死了兩名守衛，其中一名，被他用單槓高高吊起，兩臂張開，如蝶之展翅，高懸在五樓的樑椽上，乍一看，這名警衛像是耶穌被釘在十字架上，但是又飽含著嘲弄與弔詭——「後現代」最愛玩弄的兩個專有名詞。

在小說中，史塔琳初次去探望勒克特醫生，提到了善（神性）、惡（魔性）問題，電影中整個刪去了，也許太過瀆聖，怕觀眾不受用，我現在「意譯」在下面：

「沒有甚麼事發生在我身上，」勒克特說：「我讓事情發生了。你不能把我歸納到甚麼『影響』上面去，史塔琳幫辦。為了行為主義科學，你放棄了善與惡。你把每一個人都穿上一條道德的長褲——其實沒有人犯甚麼錯。看看我吧，你能站起來指控我是邪惡的嗎？我就是邪惡的化身嗎？」

「我想你深具殺傷力，對我來說，那就是一體的兩面了。」

「邪惡僅僅是深具殺傷力嗎？那麼，暴風雨也是邪惡了，要是事情這樣單純的話。然後又有火災，還有冰雹，保險商人將它們寫成是『上帝的行為』Acts of God。」

「可是，故意的——」

「我搜集教堂的坍方，當作自娛。最近一次發生在西西里島，你看到沒有？妙極了。教堂正面倒塌在望彌撒的十五名老祖母身上。這是邪惡不是？誰幹的？祂（上帝）就在上面，祂樂得很呢！」

這當然是一種極端的言論，但令人不得不承認，勒克特有一種尼采式的觀點，讓人一時無法駁斥，特別是稚拙如史塔琳者。

我想，編劇沒有把這段極端瀆聖刺耳的話，放進影片中去，是聰明的，但陽奉陰違，在影片的創意上，他是默默的遵循著的。

七

再談到影片中畫龍點睛的「羔羊」情節，在原作上，史塔琳十歲時成為孤女，寄居到表姨家中，姨父開飼料馬與羔羊牧場。有一天深夜，天亮時分，史塔琳聽見牧場的羔羊嚎叫，是牧場工人在屠羊。孤女受了極大的刺激，牽了一匹瞽目的牝馬，跳上牠的背就逃走了。姨丈發現此事，大怒，將她送往路德教會的孤兒院去。從此，孤女的噩夢中，常常聽見羔羊臨宰時的嗥叫。

姨丈對孤女並未進行性虐待。

到了改編者手裡，變成是孤女抱著羔羊逃走，最後飢寒交迫，倒在路上，為巡警發現，送回牧場。這樣一改，「四兩撥千斤」，讓孤女與羔羊合二為一，直接產生關聯，加深了基督教義中牧者與羊群的象徵意義，像馬各福音中，耶穌所講的羔羊掉到洞穴，即使違背了安息日不工作的天條，也要救羊出穴的寓言。

然而，就像琳達・赫倩在《詮繹後現代主義》一書所倡言，「後現代」是一種最佳的「諧模書寫」(Parodistic discourse)，因為它一方面要把諧模的部分，用弔詭的手法概括進去，一方面又要用同樣弔詭的手法，向這一部分進行挑戰。

在「沈默的羔羊」中，這挑戰的部分是：史塔琳看來身心健全，擔負起救羊（像參議員馬丁夫人之女，她事實是掉在一口深井內）的艱巨使命。可是，她自己並不知道，在她的心靈深處，有一群待宰的群羊在狂呼「救命」！要是羊群不及時加以挽救，衝出柵欄來，她的精神就可能會崩潰；換一句話說，她需要做的不但是救羊（在這次F・B・I・的任務中，那群羊是即將變成浮屍的年輕女子），也是救自己。可是她全然不知，自己也是頭迷途的羔羊。

而將她救出沈淪不拔之境的，竟是那殺人不眨眼、嗜血如狂的心理病醫生。

這樣一回溯，一還原，我們就產生一種認知：原來史塔琳與勒克特醫生之間的關係，非比尋常，微妙得很。

換言之，史塔琳在某一處邏輯眼光下，是羔羊，勒克特醫生是牧者。「位變」後，導致了「質變」：「後現代」津津樂道的「身分」（Identify）、「控制」（Control）、「意義」（Meaning）、「次序」（Order）、「價值」（Value）……統統像是顛倒過來，遭到挑戰。這是當今「後現代」社會在認識學上（Hermeneutics）的一種現象了，一幅浮世繪，並非出自作者一廂情願的臆測或杜撰。

八

史塔琳與勒克特醫生之間的關係，近乎教父（God-father）與教女（God-daughter），又像古希臘神話中，太陽神阿波羅與神廟中處女祭司（Vestals）的關係。阿波羅的神籤，曖昧歧義，波譎雲詭，不易參透，要解構它，雖然有軌跡可循，但尋尋覓覓，終究冷冷清清，淒淒慘慘戚戚。譬如勒克特在水牛比爾的檔案內，浮屍出現的路線圖上，留下了這樣一行字：

「妳不覺得拋棄的地點有點『任意』得過分（Desperately random）嗎？」

然後，又留下一行惡作劇的「又及」：「別再往下翻了，翻不出甚麼名堂來的。」

在解構這些「楔形文字」的同時，史塔琳又記起勒克特醫生說過一句令人費解「圖讖」式的話：

「他作甚麼？他為什麼要殺人？他垂涎，他羨慕。我們什麼時候引起垂涎羨慕的衝動？是從每天看到的事物身上開始。」

又說：「記住，Marcus Aurelius（羅馬大帝、哲學家）說過：『人生的第一要義是簡單樸素（Simplicity）。』」

憑著這些「暗示」，勒克特醫生用詩一般優美的語言，向史塔琳勾劃出殺人者的身分與動機；要解構出一個具體的答案，談何容易？但在史塔琳鍥而不捨的追尋下，按圖索驥，終於將此案偵破，並且手殲元凶，厥功甚偉。

＊「簡單樸素」Simplicity是美國裁縫通用的一種初級「紙樣」（Pattern），提供了元凶的職務，是裁縫，製女裝的。

＊「垂涎每日看見的東西」，提供了元凶行兇的最初動機，以及對象：他謀殺了第一個女子，是他日日相見的女友，因為他羨慕她的皮膚。他謀殺她之後，將她的皮剝下，製成一件人皮外套，穿在身上，滿足他變成女性的基本慾望。

＊「拋屍地點，『任意』得過分，」提供了破案的關鍵。第一具浮屍出現較晚，而且戴

著「沈枷」，顯然元凶不想讓它浮起來。為甚麼？可能毗鄰他的住所，是他認識的熟人，而其他的浮屍則隨殺隨丟，毫無顧忌掩飾，顯然不怕被人發現，因為路途遙遠。

錦囊妙計揭曉後，不免讓人佩服，真是句句箴言，一絲不漏，一字不苟，亟類阿波羅廟的神簽。

九

寫到這裡，讀者對於影片中的毒蛾與蝴蝶的解讀，史塔琳為甚麼時時要狂奔，大概可以一目了然，毋庸我在這裡饒舌了——一方面也為了節省篇幅。否則，就像《紅樓夢》裡的一個回目，是「村佬佬信口開河，情哥哥偏尋根究柢」了。

但是，我還是要嘮叨一句：親愛的觀眾，你們可別忘了，史塔琳殲滅元凶後，水牛比爾室內，那印有蝴蝶圖案的螺旋吊飾，不停旋轉的那個「輕靈」鏡頭啊！

還有，勒克特在故事結束時，對史塔琳說的那句話：

「克勞累斯，羔羊停止叫喊了嗎？」

「獵戶星下，羔羊無語。克勞累斯睡得正香。」是小說的結語。這個結語不太像「後現代」的「書寫」。

再贅言一句，勒克特醫生這樣一個魔鬼似的屠夫，最後竟然逃之夭夭，逃到那南海樂園去。原著如此，電影亦如此，是一個沒有結局的「結局」（Open-Ending）。「後現代」作品統統如此，並不是編劇在那兒賣關子，想拍「沈默的羔羊續集」。

我看張愛玲的〈對照記〉

張愛玲的〈對照記——看老照相簿〉，去年十一月起，在《皇冠雜誌》連載，以迄今年元月，一共三期，根據作者自識，「唯一的取捨標準，是怕不怕丟失」。對一個無足輕重的凡人來說，丟失了珍貴的照片充其量不過是個人的損失；就一位現代文學史上舉足輕重的作家而言，這些「陳年舊跡」，是研究作家平生以及其作品，最好的第一手資料；得了，天下可以「垂拱而治」；失了，許多研究心得，可以功虧一簣，得失之間，茲事體大！豈可等閒視之？

除了資訊方面的不可或缺外，讀〈對照記〉的最大收穫，還是文字方面帶給我的愉悅，有如欣賞名畫。譬如她在三期連載的前首，有一句「卷首言」：「三搬當一燒」，這句話劈空而來，無緣無故的，使人聽了，「毛骨悚然」。張愛玲在比較重要的散文中，最喜展露這一招，我稱之為「老杜（甫）之招」，亦即「語不驚人死不休」之招。〈紅樓夢未完〉一篇，她說「人生三大恨事」之外尚有一恨便是：「紅樓夢未完！」《流言》中〈私語〉一篇，她說：「夜半聞私語，月落如金盆。」好個「月落如金盆」！恕我譾陋，這行對句想必是杜撰。世上作家喜作杜撰者甚多。曹雪芹開宗明義在《紅樓夢》中告訴我們：「寶玉最喜杜撰。」寶玉即曹雪芹的「化身」。《儒林外史》中諺語特多，我不相信全是出自江淮一帶的諺語，有些極可能出自杜撰。據說，《玫瑰的名字》（*The Name of the Rose*）作者厄苛Eco，在該小說中引述的拉丁古文，統係杜撰。我據此推論，「三搬當一燒！」亦是杜撰，與下句「丟三落四」配讀之下，覺出作者的弦外之音：人生原是「四大皆空！」

魯迅有一篇怪誕的短篇〈風波〉，其中數字特多：七斤嫂、九斤嫂……全篇七上八下全是數字，除了畫出中國人民族性中「斤斤計較」的特徵，更進一步暗示出數字是中國文字動人美感的來源。蘇軾詩「竹外桃花三兩枝」是最現成的佳例。張愛玲根據胡蘭成的說法：「深愛魯迅」，受魯迅影響而深愛「數字」，自是不在話下。

〈對照記〉寫出兩位薄命的佳人——張愛玲她祖母——李鴻章的女兒，她母親；以及兩位失敗的英雄：她祖父張佩綸，她堂兄「二大爺」張人駿。她祖母她母親的婚姻，都是父母之命下的犧牲品。她祖父是清朝的言官，參倒了滿朝文武，也間接種下了自己垮臺的惡因，中法戰爭等於被「綁」赴戰場，結果「在臺灣福建沿海督師大敗，大雨中頭上頂著一隻銅臉盆逃走。」張人駿是最後一任兩江總督，革命軍打到南京，他「坐隻籮筐在城牆上縋下去」，敗兵之將如赤貧之人，衣不蔽體，或者穿著不倫，悽慘中帶三分滑稽，張愛玲都用她犀利的筆寫了出來。（這一段文字使人想起古羅馬諷刺詩人喬凡諾（Juvenal））。

兩位薄命佳人她是用曲筆來淡描的。她祖母她母親都是美人。李鴻章長女十九歲時的照片能只用「美艷如花」來形容，那時她充當父親的秘書，批閱公文，所以才有「簽押房」（今之收發室）撞見了彼時在李鴻章幕下行走的張佩綸。這段軼事被曾樸寫進他的「影射小說」(Roman á clef)《孽海花》。於是才有中堂千金「下嫁」「囚犯」的演義產生。張愛玲的父親極言此事之乖謬，因為承認了，等於是說自己的父母親私相授受，有了桑間濮上之行，在清末民初的社會是要被人訕笑的。可是張愛玲因為「天生是寫小說的」，覺得充滿了「才子佳人」傳奇性，所以「極言其是！」又因為隔了一代，往事如煙，益發感受到這一段羅曼史的氤氳繚繞！不像她姑姑——李鴻章的親外孫女兒，直截了當替她母親抱不平：「我想奶奶是不願意的。」又對張愛玲說：「這老爹爹（指李鴻章）也真是——兩個女兒一個嫁給比她大二十來歲的做填房，一個嫁給比她小六歲的，一輩子都嫌她老。」

〈創世紀〉小說據張愛玲自承，寫的是她「祖姨家」，也就是這裡所提的李鴻章的次女了。小說中的「祖母」也是美人，做壽，宴席寒酸冷落，祖母負擔一家生計，靠賣祖產、典當為生；一片祝壽聲中還要偷偷應付來相看皮衣的估衣商人，夠悽慘的了。小說中的祖母也是拚命撙節，使人想《對照記》中女僕口中的「老太太」，張愛玲的祖母，「總是設法省草紙！」兩位相國千金到老來都節省一兩張衛生紙，除了儉德，想必還是害怕坐吃山空得了心病。

但是，在張愛玲的眼中，這一對「老少配」的夫妻婚姻應屬美滿的。滅太平天國後，張佩綸「在南京蓋了大花園」，與夫人偕隱，「詩酒風流」。兩人合寫了一本食譜，又出版了一本武俠小說，自費付印，書名《紫綃記》，「書中俠女元紫綃是個文武雙全的大家閨秀」，可惜，「故事沈悶得連我都看不下去。」張愛玲說。

他們夫妻倆大概想合寫一本媲美《好逑傳》的小說，可惜沒有成功。這遺志要留待他們孫女來完成了。

然而，張佩綸是公認的才子，「多年後我聽見人說我祖父詩文都好，連八股都好，又忙補上一句：『連八股也有好的。』」

這人呼之欲出，我猜此「人」即是胡適。（參看張著〈回憶胡適先生〉）

八股文的確有好的。錢鍾書讀過八股文，也盛讚「有的八股文好。」胡適是新文藝運動健將，要他說「八股好」，有點說不出口。

集舉國精英鑽研出來的一種「文類」，自然會有好的，像江青御腕下逼拱出來的「樣板戲」！

〈對照記〉中張愛玲勻出大量篇幅來渲染的「爺爺奶奶」，雖然是失敗的英雄美人，他們的失敗是「一個蒼涼而美麗的手勢」，真是雖敗猶榮！

悲劇的人物，結局只是一個開端，令人馳騁無窮的遐想，有著不盡的餘音與餘韻；然而，一般人不喜雪中送炭，所以〈對照記〉的結尾，張愛玲秉一貫謙虛之風，對讀者感到抱歉，「在這裡占掉不合理的篇幅。」彷彿不應該。

其實並沒有。

她形容她跟祖父母的關係「只是屬於彼此，一種沉默的無條件的支持，看似無用，無效，卻是我最需要的。」

她支持祖父母的是甚麼？是一種英雄美人式的悲劇情操？所以，她的處女作是〈霸王別姬〉，然後，筆下產生的曹七巧、王嬌蕊、白流蘇、葛薇龍、顧曼禎……以及後來的王佳芝，統統這樣。所以在這一段她說，「他們只靜靜地躺在我的血液裡，等我死的時候再死一次。」

「押末」一句是張愛玲式的警句：「等我死的時候再死一次。」多麼像狄金遜（Emily Dickinson）！

死是不會死的。死了會復活，所以不止一次！像她的文字——這句是弦外之音，點到為止！

她最後說：「我愛她們。」

這一句話結得鏗鏘有力：哦，她原本是天潢貴胄！

她母親黃夫人出身湖南湘軍世家，所以張愛玲的血統內有半個湖南人。「湖南人最勇敢。」她母親總是這樣說。

十一月份的〈對照記〉一共刊載了五幀她先母的遺照，真是美人胚子，有一張「圖十三」，著過色的，攝於民國十五年，也是北伐成功那一年，若說是現代人的照片，我也相信。這張照片中年輕的婦人豐容盛鬋，雙手合十，陷入沈思，很像照相館櫥窗中陳列的一張沙龍照。張愛玲的〈沉香屑第一爐香〉為《紫羅蘭》雜誌錄用時，她一高興，替主編周瘦鵑開了個小小的茶會，就在她姑姑的公寓內。座中，張愛玲展開了一本照相簿，其中有一張被周瘦鵑形容為「豐容盛鬋」的張母玉照，想必就是這一張了。

「凡鳥皆從末世來，都知愛慕此生才。」《紅樓夢》中詠嘆鳳姐的偈語詩句，移植到張母身上，也許有幾分貼切。在論及自己的小說〈連環套〉時，她說她見過實際生活中的「霓喜」；她說她母親也跟霓喜的女兒一樣，也是一樁不愉快婚姻中的犧牲品；而且也是「一有機會就離了婚。」

離了婚後的張母，遊學歐洲，進過美術學校，學油畫，「跟徐悲鴻、蔣碧薇、常書鴻都熟識。」

但是一個單身女人，又離了婚，單槍匹馬在三○年代的歐洲英國闖蕩江湖，想必存活不易，所以，一度有學習自己製作皮革品的計畫，〈對照記〉談到中日戰爭期間，張母留在她姑姑家一洋鐵箱碧綠的蛇皮。（她母親於顏色中獨鍾藍綠色。她說她受母親影響，也愛藍綠色。）

張母最後在英國住下來，五○年初，一度「下廠做女工製皮包。」想必為生計所迫，只好如此。

她真像韋莊在〈憶江南〉詞中所說：「白頭誓不歸。」

她又像極了〈傾城之戀〉中的薩黑夷妮公主，因為她「黑」！

她的臉型也充滿了異鄉趣味！

有一張看起來像「浸信會」的外國女傳教士！

五○年末，這位勇敢的婦人在英國逝世。

張愛玲的〈對照記〉，寫出了兩位女性，她們有形無形對張愛玲的「作家人格」（writer's personality）產生的影響「像有一種精緻的仿古信箋白紙上，印出微凸的粉紫古裝人像」（見

〈紅玫瑰與白玫瑰〉）；所以她在全文中，將她們的篇幅加大。她從她奶奶那兒承襲了文才；從母體的胚胎中，又孕育了美學的精華。一個天才所依賴所需要的基因，她全有了。〈對照記〉補充了我們對於一位寫作天才「橫切面」的認知，豈僅是張愛玲在文末的謙稱，「能與讀者保持聯繫」而已？

還有許多沒有寫完的，有關張愛玲本身的點點滴滴，留待他日有機會再談吧！

這就是她！

我寫過一篇《張愛玲的「對照記」》，文末我許下了心願：將來有機會，要把張愛玲的「本身」寫一寫。

張愛玲在元月份《皇冠》的《對照記》上這樣說：

「以上的照片收集在這裡唯一的取捨標準是怕不怕丟失，當然雜亂無章。附記也凌亂散漫，但是也許在亂紋中可以依稀看得出一個自畫像來。」（頁一二二）

作家要能「寫」出自己的一個畫像來，無論用文字或者圖片，這位作家也未免太膚淺了。張愛玲有自知之明，所以用「依稀」二字，含混過關。的確，作家是一個複雜的有機體，有時連他（她）自己也弄不清楚是副甚麼模樣。文藝修辭學裡有一個術語叫Oxymoron，我個人很喜歡，手邊有一本牛津版的《美語辭典》，這樣解釋它：「將兩種或兩種以上看來截然不同詞語並列在一起的『修飾語』(Figure of Speech)。」辭典怕讀者不懂，引了一個例子，恕我淺陋，只能抄錄英文，因為翻不出妥善的中文來：「Faith Unfaithful Kept Him Falsely True」。翻看〈對照記〉，看了半天，終於讓我領悟到：張愛玲就是掌管文藝修辭學裡Oxymoron一詞的「女神」！

謂予不信？她在文章中常常很謙虛：把自己典藏的視為珍寶的陳年舊照拿出來，只是為了「怕丟失」(不是為了身外之物的名利)；又為了「能與讀者保持聯繫」(而不是為了揚名青史，讓後世的讀者也能瞻仰得到她的「風采」。)

元月份的《皇冠》，在〈對照記〉的最後一期刊了兩幅關鍵性的照片——都是所謂證明身分的「派司照」，見圖四十六、圖四十八。兩張照片都是「素顏」——脂粉不施的原裝照；但顯然得到張愛玲的特別鍾愛。關於圖四十六，她說是上海「解放」未久，她照了這張「派司照」，去街堂口排班登記戶口，被一個穿黃制服的老幹部錯認為是北方老鄉婦女，還問她：「認識字嗎？」

底下一段文字，宜乎全抄：

「我笑著咕噜了一聲『認識』，心裏驚喜交集！倒不是因為身在大陸，趨時懼禍，妄想冒充工農。也不是反知識分子，我信仰知識，就只反對有些知識分子的望之儼然，不夠舉重若輕。其實我自己兩者都沒有做到，不過是一種願望。有時候拍照，在鏡頭無人性的注視下，倒偶爾流露一二。」

整段文字讀來讀去，頗為費解。張愛玲是說她很遺憾：既非大陸所謂的「無產階級」，又不是真正的知識分子？還是說她一直當一個看來並不「儼然」的知識分子，可是誤落塵網中，「和光同塵」，擺脫不了「儼然」的神氣？今日，這一種質樸的本性被一個素昧平生的老鄉「錯」認出來了，心裡驚喜交集？

圖四十八是另一張「派司照」，是出大陸（上海）時照的，這次，檢查她出境的是一個新投效「革命」的北方小青年，他用小刀刮張愛玲的一副包金小籐鐲，刮了半天，露出真蹟——有一小塊泛白色，轉過頭來誇獎她：「這位同志的臉相很誠實，她說包金就是包金。」

這段文字承襲了圖四十六的思路，讀來同樣令人費解，不過滲羼了張愛玲一貫的「嘲弄」與「弔詭」，很是耐讀。張愛玲是說她臉上透露出來的老實訊息，連個從北方到上海未久樸實無華的「土包子」小青年也「識讀」得出來？換言之，她身上的這一種特質，於無意中被兩個陌生人——也是真正的鄉下人——「點」出來了，使她狂喜？

此所以在〈對照記〉中要珍重點明：她外祖母來自農家，出身寒微，嫁給將軍府邸的少爺為妾，二十來歲便去世了，使人想起她的小說〈金鎖記〉、〈怨女〉。

在〈回憶胡適先生〉一文中，她也提到胡適盛讚她的「樸素」，不愛虛榮。

當然，代表一個「作家人格」的，還是她自己的作品。張愛玲是不是遠兜遠轉地替自己的文章迴護：她儘管長時間是華麗的，色彩絢麗繽紛，但是，掩藏於華麗、機智底下的，還有不易瞥見的隱性的質樸？

「你盡有蒼綠！」

這是她喜歡的一句新詩。

這種格格不入、抵死纏鬥的特質，構成了張愛玲一輩子的「焦慮」(Obsession)，而最使她「意難平」的，是她鶴立雞群的身高！

不是我危言聳聽：她的身高與她後來的隱居遁世，有著極大的關聯。

英國作家毛姆——據說他的小說也影響了張愛玲，說過這樣一句話：「一個人的身高，那怕高一寸矮一寸，也會影響他的性格。」

這句話移用到張愛玲身上再適切也不過了。

十一月份的〈對照記〉載有兩張張愛玲與她姑姑的合照(圖二十、二十一)。那年她大概十八歲，她姑姑央告她：「可不能再長高了。」

她的身高可不聽話，像竹竿似地往上竄。〈對照記〉不止一次提到她的身高。有時被人指認為「鷺鷥」，有一次是個美國海關人員，將她的身高誤填為「六呎六吋」，使她「憎笑」——這次決不是「驚喜交集」！儘管弄錯的，同樣是萍水相逢的陌生人！

最值得注意的一次，是抗戰勝利前夕，一次遊園會上，她巧遇當時電影紅星李香蘭，於是兩人合影留念。她坐，李香蘭站，張愛玲解嘲地這樣寫：「我太高，並立會相映成趣，有人找了張椅子來讓我坐下，只好委屈她侍立一旁。」

這張照片看來「不成功」，雖然她披著炎櫻設計的隱著淺紫鳳凰的別致新裝，髮際嵌著花翠，病在張愛玲的「身高」！因為坐著，更使她杌隉不安，連正眼也不敢望鏡頭一下！

所以，她此後的照片，為了藏拙，一律是半身的。

有一張也是半身的，刊在元月份，見圖四十九，「題識」說是宋淇的太太文美陪她在香港照的，因為她要動身去美國了。這張照片張愛玲著「小鳳仙」裝，右手扠腰，臉傾斜著，有點像「上海霞飛路上時裝店裡的木美人」，連脖子也像，細長而高貴——本來，長長的天鵝頸一向就是一種高貴的標誌。

這張照片與兩年前她〈出上海記〉時的兩張「派司照」前後判若兩人了。對於這另一「對角線」的她自己，張愛玲也是喜之不盡的——我稱之為她的id（有時候她有點排斥）。畢竟那是「真我」，她還是深喜著的。所以當一九八四年，她「在洛杉磯搬家理行李，看到這張照照片上蘭心照相館的署名與日期，剛巧整三十年，不禁自題「悵望卅秋一灑淚，蕭條異代不同時」」。

驕傲也好，謙虛也好，「浮華也好，昇華也好」，這都是我們的張愛玲，不是李清照，也不是朱淑真！

關於那鸚哥

一

《張愛玲短篇小說集》裏的第一篇〈留情〉，其中提到一隻鸚哥，始終弄不清楚所指為何。五月裡在此間一家文藝沙龍五講張愛玲的小說藝術，終於看懂了這鸚哥的內蘊，不是閒筆，現在把心得臚陳於後。

小說是這樣提到鸚哥的：

「……三輪車馳過郵政局，郵政局對過有一家人家，灰色的老式洋房，陽臺上掛一隻大鸚哥，淒厲地呱呱叫著，每次經過，總使她想起那一個婆家。本來想指給米先生看的，剛趕著今天跟他小小地鬧彆扭，就沒叫他看。她擡頭望，年老的灰白色的鸚哥在架子上蹣跚來去，這次卻沒有叫喊，陽臺欄杆上擱著兩盆乾癟的菊花，有個老媽子傴僂著腰在那裡開玻璃門。」

　　這裏需要稍稍註解一下。這故事發生在民國三十二年淪陷區的上海。女主角敦鳳三十六歲，「出身上海數一數二的大商家，十六歲出嫁，二十三歲上死了丈夫，守了十多年的寡方才嫁了米先生。」而米先生呢，現年五十九歲，老留學生，現在是上海股票公司極有地位的人；然而，他的妻子沒有死，還活著，如今仍然住在小沙渡路，不過最近病了，病得很厲害。

　　民國三十二年的婚姻法，與今日的婚姻法可能不太一樣——不是念法律的，沒有查證過民法，不敢講得太肯定。當時一個男子，可以同時跟兩個女子結婚，也就是停妻再娶，而不會受到法律的控告。而在敦鳳心理上，這一停妻再娶的事實，反而形成一股壓力，而不是在米先生的心理上，這一點是深具「艾朗尼」的。而敦鳳一直彆彆扭扭、啾啾嘁嘁的，和這一股壓力有很大的關係。

　　張愛玲又告訴我們，敦鳳是個有著「婚姻錯綜」的人。她自身有著許多理直氣壯的過去，「那結婚經過她告訴這人是這樣，告訴那人是那樣，現在她回想起來立時三刻也有點攪（原文作絞）不清楚，只微笑嘆息，說：『說起來話長，噯。』」

　　敦鳳的結婚經過為什麼告訴這人是這樣，告訴那人是那樣呢？我想也是和她亡夫生前喜歡拈花惹草，缺乏安全感，在心理上造成極大的壓力有關。所以她和米先生雙雙坐著三輪車經過郵局，看到那使她想起她從前婆家的灰色老洋房，那陽臺上的大鸚哥，總使她定不下心來，對米先生暢抒一番胸臆，這也就是唐人絕句裡寫的，「含情欲說宮中事，鸚鵡前頭不敢言」了。

但是到了小說結尾的時候，張愛玲筆鋒一轉，這樣寫：

「生在這世上，沒有一樣感情不是千瘡百孔的，然而敦鳳與米先生在回家的路上還是相愛著，踏著落花樣的落葉一路行來，敦鳳想著，經過郵局對面，不要忘了告訴他關於那鸚哥。」

敦鳳為什麼像《紅樓夢》裡的鴛鴦，「不說又說」了呢？那是因為她從米先生探視過重病中的妻子，又匆匆趕回來接她回家，壓力紓解，心裡感到踏實安全的緣故。「老太婆快死了。」她剛才在跟舅母聊天時這樣說。她舅母也勸慰她說：「其實那個女人真是死了也罷。」米先生匆匆趕來接她，她心中「女人的直覺」（woman's intuition）告訴她：「老太婆死定了。」

果然是死定了。她心理上的障礙一除，不再是唐朝宮中「並肩立瓊軒」的美人，即使在鸚鵡（另一壓力）前面，她也敢訴說宮中之事了。所以她「不要忘了告訴米先生關於那鸚哥。」

郵局是消息資訊的集散地，把郵局與鸚哥串在一起塊兒抒寫，加深了那層傾吐積鬱的快感，用筆也夠瑰奇的。

二

張愛玲的短篇〈花凋〉，寫的是一個「沒有點燈的燈塔」的女孩子的故事，這女孩子叫鄭川嫦，很美，沒有錯，但是沒有念過多少書，所以張愛玲形容她是「沒有點燈的燈塔」，缺少內在美。

一方面也暗喻她「早夭」，燈塔的魅影，矗立在海面上，黑魆魆的，乍看像個鬼影子，嚇死人。

尤其怕人的是小說中的一場主戲——中秋節川嫦家裡請客，請她未婚夫婿章雲藩吃晚飯——川嫦穿的那件衣服——小說這樣寫：

「她這件衣服，想必是舊的，既長，又不合身，可是太大的衣服另有一種特殊的誘惑性，走起路來，一波未平，一波又起，有人的地方是人在顫抖，無人的地方是衣服在顫抖，虛虛實實，實實虛虛，極其神秘。」

若說這件衣服是為《聊齋》中的女鬼設計的，亦不為過，「倩女幽魂」中的聶小倩就可能穿過這一襲衣服，畫龍點睛的地方是，張愛玲說：「有人的地方是人在顫抖，無人的地方是衣服在顫抖。」

這是衣服架子。無血無肉的衣架。在不同的場所，張愛玲一直沒有忘記這件衣服，譬如飯後，川嫦陪雲藩坐在客廳裡，「川嫦正迎著光（客廳裡沒有開燈，照應前述的「沒有點燈的燈塔」），他看見她穿著一件蔥白素綢長袍，白手臂與白衣服之間沒有界限；戴著她大姊夫從巴黎帶來的一副別致的項圈，是一雙泥金的小手，尖而長的紅指甲，緊緊扣在脖子上，像要扼死人。

又過了一會兒，她姊姊、姊夫回來拜節了，川嫦跑去捻開落地檯燈，「她長袍的下襬罩在他腳背上……腳背上彷彿老是嚅嚅囉囉飄著她的旗袍角。」

她人還沒死，倒已經魂兮歸來，向他顯靈了。

真是令人毛骨悚然！

（「顫抖」這個字眼，在小說中不只出現過一次，譬如一上來，介紹川嫦出場，張愛玲這樣寫：

「薄薄紅嘴唇，清炯炯的大眼睛，長睫毛，滿臉『顫抖的靈魂』，充滿了深邃洋溢的熱情與智慧，像《魂歸離恨天》的作者愛米麗・勃郎蒂。」）

換句話說，故事一開始，張愛玲等於把川嫦的壽衣都準備好了，到了小說結尾時，張愛玲告訴我們：

「鄭夫人在衖堂口發現了一家小鞋店，比眾特別便宜。因替闔家大小每人買了兩雙鞋。川嫦因為整年不下床，也為她買了兩雙繡花鞋，一雙皮鞋，現在穿著嫌大，補養補養，胖起來的時候，那就『正好一腳』。」

壽衣壽鞋都已經製備齊全了，不正像《紅樓夢》裡，挾持著寶玉的一僧一道所說的：「俗緣已畢，還不快走？」

所以張愛玲咔嚓一剪，把故事剪斷了，讀者的感覺，乍看時或許有點突兀怔忡，其實並不：

「她死在三星期後。」

三

張愛玲要出「寫真集」了，有人聽著詫異，我不覺得有什麼值得大驚小怪的，與張女士一貫的作風，也沒有悖背的地方。她的照片一向「一票難求」，現在出上一大冊，任君翻閱，一覽無遺，豈不大大饜足了讀者的好奇心？殊不知讀者大眾，趣味也跟古時候的帝王一樣，也是有點天威莫測的。我倒不是為這本畫冊的銷路捏一把汗，而是感到作家出寫真集，那怕他是曹雪芹、莎士比亞，總覺得有點突兀，反正此風不可長，要是有人自認寫得長得跟張女士一樣好，甚至比她還要好，也跟著效尤起來，市面上接二連三出現了左一本右一本女作家男作家的「寫真集」，甚至於MTV，豈不是作孽？但是話又得說回來，要是此舉能替將來的文學史，增添一點活色生香的史料，那自然是好事囉。然而，此風畢竟不可長。

最近在此間《民生報》導讀《紅樓夢賞析》，弟子清一色是紅袖添香客，她們自然也是張愛玲的小說迷。她們問我：張愛玲受《紅樓夢》影響最深，她會不會私淑《紅樓夢》中的任何一位角色，思想行為都受這個角色影響？我說有。她們問是誰？我答：「是黛玉妙玉的相加除二。」是的，張愛玲秉承了黛玉的「孤標傲世偕誰隱」，但她性格中又羼揉了妙玉那種與人爭的「塵埃」，也就是太虛幻境中那首偈語詩所詠嘆的「欲潔何曾潔，云空未必空」了。現在，今世的妙玉搬出家傳的「點犀盉」來了，只慣牛飲驢飲的讀者，怎能不好好地、仔細認真地瞧它一瞧呢？

霧失樓臺、月迷津渡

《紅樓夢》是一部大書，「要詳這一場大夢，真不知從何說？」張愛玲在《紅樓夢魘》一書中，劈頭就這樣說，可謂一語中的。有人說，紅學的文字，車載斗量，汗牛充棟，可說的話已經說完了，這話說來是推卸責任，而且彷彿不太懂得《紅樓夢》。

大陸上的紅學研究，方興未艾，他們對後四十回流失的稿本，舊時真本的結局，更有興趣；事實上，後四十回的結局，在八十回中已經透露了端倪，這因為《紅樓夢》是一本「讖語」書，一遇到重要的章回，這讖語的色調就越濃，簡直可以說是「霧失樓臺、月迷津渡」，這本書因此充滿了悲觀主義、宿命論的顏色，這和中共所倡導的現實主義、馬克斯的社會經濟史觀、賈寶玉林黛玉是封建主義的叛逆、黑暗時代結束、黎明來臨前的新人類種種說詞，頗為方枘，所以我說研究《紅樓夢》這部大書，言人人殊，而且最後一定「霧失樓臺、月迷津渡」，不過這樣的研究不能說全無道理，因為盡心做去，往往也能道出一些局部的真理。所以，中共的學者孜孜矻矻紅學研究，也作出了一些貢獻，不能一筆抹殺。

只有續書者高鶚該挨罵——是該罵，因為高鶚是一個次一級的作家，他不甚了解曹雪芹的思想背景，也不像後者，是一個曠世難得一見的小說家，所以，後世聰明的小說家，像張愛玲，到了第八十一回「四美釣游魚」，一看就覺得「天地變色，日月無光」起來，這因為她是先知先覺者。而我，從小就識得一本程偉元編的一百二十回《紅樓夢》，俗稱程乙本，讀的時候沒有張愛玲那種強烈的愛憎，發現高鶚的惡劣性，是在真正研究文學以後，那時候早過了盛年了。幸好我只識得一本程乙本，拿它和較為翔實的《脂硯齋重評石頭記》一比，因為對那本「偽書」熟極而流，真書中那些略為眼生的字眼，反而一眼就跳了出來，這時候，我才驚悟到，續書者真是曲解了原作的精神，高鶚真的在替缺肢的維納斯填空白、補義肢，他的精神堪與「精衛填海」媲美，可是，天可憐見，就像張愛玲在〈花凋〉裡月旦女主角川嫦的死：「完全不是那回事」。

中共紅學家在「完全不是那回事」上，作出了大塊文章，而且，因為話題與他們的氣味相投，所以有話即長了。他們說，續書《紅樓夢》（指後四十回），在思想上轉了個一百八十度的大彎，封建主義擡頭，「現實主義」受到斲傷，這是種因於高鶚那種晚年中舉，「昨宵偶抱嫦娥月，悟得光明自在禪」的冬烘思想和科舉萬能的心理；這和前八十回曹雪芹所標榜的誓不與封建主義兩立，我行我素的賈寶玉情操，亦即叛逆形象背道而馳；這真是黑白講，褻瀆神明，是可忍，孰不可忍？高鶚這個豎子，因是亂臣賊子，人人得而誅之！

「造反有理！」我要套用「文化大革命」時的一句口號，來讚美他們，然而，在囂張的金鼓齊鳴的吶喊過後，我們再去翻一遍前八十回，要是我們平心靜氣一點，那種舊識的「霧失樓臺、月迷津渡」的畫面，立刻掩了上來！我們發現，那些振振有詞的大陸紅學家，也像高鶚那樣，在那裡以偏概全，替悼紅軒主人，強作解人呢！也許，他們曲解的程度，沒有高鶚那麼深吧!?

高鶚為了使他的續書風格統一，逼得在前八十回「大做手腳」，這真是辣手摧花！令人髮指！曹雪芹在地下也要到閻王爺那兒去告他一狀！像《重評石頭記》第七十回寫到史湘雲填柳絮詞，接著寫大觀園中諸艷放風箏，寫到探春所放的是一隻鳳凰，後來又飛來一隻鳳凰，鬧得不可開交時，「又見一個門扇大的玲瓏喜字帶響鞭在半天如鐘鳴一般也逼近來」，這不明白向讀者昭示，探春將來不但遠嫁，而且嫁的人像她的大姐元春一樣，也是一個王——不過是番王，這一節讖諱圖簽式的描摹，到了程乙本，高鶚咔嚓一聲，全部剪去了；只因為到了下半部，他不知如何具體描寫探春的結局，只說是遠嫁到海疆，連一句實寫也沒有，未免太草率。同時，高鶚大概做賊心虛，所以把前八十回中有關探春放鳳凰風箏的一節，整個刪去了，以免別人抓到他的小辮子；但是，《重評石頭記》明明有這一筆記載，所以，「人贓俱獲」，他是無法抵賴乾淨的。

探春放鳳凰風箏一節，高鶚猶情有可原，因為比照之下，程乙本比較簡潔，可讀性高，而《重評石頭記》那一段「鳳凰」文字，顯得拖沓，不夠利索，這一點公道我是要替高鶚討一下的。但是，在四十六回「鴛鴦女誓絕鴛鴦偶」中，鴛鴦與嫂子金文翔家的口角時，根據《重評石頭記》，有幾句話是這樣的：

鴛鴦聽說，立起身來，照他嫂子臉上下死勁啐了一口，指著他罵道：「你快夾著你那×嘴，離了這裏好多著呢？甚麼好話，宋徽宗的鷹，趙子昂的馬，都是好畫（話）兒，甚麼喜事，狀元痘兒灌的漿，又滿是喜（稀）事（屎）。」到了程乙本，這兩句類似「歇後語」又像「一語雙關」（pun）的「好話」全流失了，自然是高鶚高擡貴手刪去的。在這裡，高鶚十足暴露了他那「次一級小說家」的身份！他完全不能體會到曹雪芹安放這兩個歇後語的一番苦心。我們知道，鴛鴦是賈母調理出來，「滿府裡找不到第二個」有教養有身分的大丫頭，賈母對她施行的是身教、言教，賈母並沒有教她讀書識字，所以，她的口吻語氣，仍然是粗俗的；在粗俗中，又暗透出她不凡的教養，所以，在她生氣的時候，雖然口氣粗鄙不文，仍然帶出她的教養，在下意識裡，透露了她是賈母的侍婢。賈母房中多的是大箱子大櫃子，其中除了像鳳姐在二十二回所說的，裝滿了「金的銀的圓的扁的，壓塌了箱子底的」東西以外，當然還有名畫，而管理這些名畫的，自非鴛鴦莫屬。她當然一開口，因為耳熟能詳，就朗朗上口了。同理，賈母的櫥中，一定也塞滿了藥草藥丸，甚麼人生養榮丸、天生補心丹、益母八珍丸，在鴛鴦眼中一定多得「像樹上的樹葉兒」（套一句《金瓶梅》裡的打話），聯帶著，甚麼藥該治甚麼病，她的醫藥常識也就比一般人豐富多了。所以，這兩個畫龍點睛、點出鴛鴦人格、身分、教養的歇後語，到了「笨鳥」高鶚手裡，因為嫌嚕嗦，又咔嚓一聲，付諸并刀一剪，這一剪把鴛鴦從活人剪成了死人！這真是殺風景！我憎恨高鶚的地方正在這裡。說來說去，這正是因為高鶚是一個次一級的小說家。

前八十回中，像我剛才所舉的例子太多了。角色一開口，就暗透此人的人格身份教養，「增一分則肥，減一分則瘦」。譬如第二十七回，鳳姐打發小紅回家去取東西，回來時向鳳姐覆命，她說了一連串「奶奶！奶奶！」的話，把李紈都搞糊塗了。跟鴛鴦一樣，全部《紅樓夢》中只有思路清晰、伶牙俐齒的小紅才講得出這樣的話來，也只有曹雪芹模擬得出來，高鶚不僅不會也不懂得，所以值得向讀者「摘錄」一下，如下：

紅玉（這時尚未改名）道：平姐姐說，我們奶奶問這裡奶奶好，原是我們二爺不在家，遲了兩天，只管奶奶放心，奶奶好些，我們奶奶還會了五奶奶，來瞧奶奶呢。五奶奶前兒打發了人來，說舅奶奶帶了信問奶奶好，還要和這裡的姑奶奶尋兩丸延年神驗萬金丹，若有，奶奶打發人，只管送在我奶奶這裡，明兒有人去，就順道給那邊舅奶奶帶去……」

這樣的話，高鶚自然是連編也編不出來的。

《紅樓夢》中的角色，在前八十回中，往往說了「一車子的話」，這話當然不是白說，是和故事的情節發展、角色的心理，有內在的邏輯關係，所以，她或他說的那一車子話，值得我們推敲，細細品味，「若得其情，哀矜而勿喜」，信手拈兩個例子：

第二十二回中，賈母喜歡寶釵穩重，要替她作十五歲的生日，鳳姐估量事在必行，先向賈璉捎探口氣，賈璉聞弦歌知雅意，假說：「往年怎麼給林妹妹過的，如今也照依給薛妹妹過就是了。」鳳姐碰了個軟釘子，還不甘心，又說：「我也想著（多添些），我若白添了東西，你又怪我不告訴你了。」這話明放著是要賈璉拿出錢來了，誰知賈璉偏裝胡塗，掉轉話頭，回馬一槍地道：「罷罷，這空頭情我不領，你不盤查我就夠了，我還怪你？」說著，一逕去了。

（賈璉怕再說下去，鳳姐明火執杖地向他要錢，所以「三十六計，走為上計」，溜了。）

到了要做生日，果然，賈母一人獨資二十兩，鳳姐一看，果然老祖宗不客氣地，要自己

「白添東西」，因此當著眾人的面，插科打諢的，說出了剛才引過的「金的銀的，圓的扁的，壓塌了箱子底」的話，希望用這一番「醜表功」，老祖宗體諒她，好多拿出一點體己來，讓自己少賠些銀子；誰知老祖宗只顧去欣賞她的笑話去了，並沒有體會出她的這番苦意來（也許是故意裝傻）？不管怎樣，這一席話，側面寫出鳳姐多麼善用機心，真是「機關算盡太聰明」！

又像第二十五回「魘魔法姊弟（程乙甲本改為「叔嫂」）逢五鬼」，馬道婆到賈府來打秋風，在賈母面前，說了一大車子神佛有靈、包庇幼兒的鬼話，最後遠兜遠轉，轉到正題上來，要賈母在神前慷慨地施捨燈油錢，賈母聽了，點頭思忖，馬道婆馬上隨機應變，從一天四十八斤一下子縮成了一天五斤、七斤，結果賈母應允了最少的一項：五斤！這馬道婆心想賈母這樣吝嗇，豈有不氣的，這才攛掇著趙姨娘，暗地裡用巫魘之術來奪取寶玉鳳姐的命了。等到寶玉、鳳姐畢命，家產落到趙姨娘、環哥手裡，她豈不大大的發了一筆財了？

這樣的章法，不知是不是脂硯所謂的暗透法？這也就是張愛玲所說的「生活的質地，灰樸樸的」，讀者讀的時候，「渾然不覺」，又像是「相對如夢寐」，只覺得「內臟上對」（internally right）吧!?

談起《紅樓夢》來，真的會越談越多，離題萬丈，像第五回寫的，是一個迷津，只有暫時打住，且聽下回分解，至於那效果會不會變得「霧失樓臺、月迷津渡」？我想，那是一定的。

我聽見華視要拍紅樓夢電視劇，在那兒招兵買馬，替他們一則以喜，一則以憂：喜的是我們終於看到自己的電視劇紅樓夢了，不讓大陸的連續劇專美於前（他們一共拍了三十六集）；懼的是取材的角度，是脂硯重評的《石頭記》呢，還是一百二十回的程乙本《紅樓夢》呢？若是後者，就應該把高鶚的名字列在第一，變成高鶚改編、曹雪芹原著，讓高鶚去擔負那唐突、不遜的罪名，否則，華視就該當挨罵了。

從小處看《紅樓夢》的偉大

《紅樓夢》是一本大書，好處似乎是說不盡，其實，《紅樓夢》的偉大，是從小處來。我們讀《紅樓》，往往覺得那些人物栩栩如生，燒成了灰也認得出來，其實這一種根深蒂固的效果，是曹雪芹刻意經營出來的。當然，仔細推敲之上，這一種精湛內層結構的精博幽深，也不是不能剖析的。

《紅樓夢》中的女角可說弱水三千，但這次為曹雪芹的寫作技巧所限，只能挑三位來作討論，這三位的相貌我們並不很清楚，可是他們的內心世界，我們卻能洞燭其幽。這三個人是探春、妙玉、紫鵑。曹雪芹通過一種罕見的筆法，將三人鮮活的形象——其實是他們的世界，展現在紙上。怎樣展現出來？我認為絕非「偶得之」，而是曹雪芹苦心經營出來的。

一、妙玉

先談妙玉。這個「欲潔何曾潔、云空未必空」的女孩子，六根未淨，像她帶髮修行時的三千煩惱絲，將她纏縛在一個看似孤高，實則沾滯不清、沒有出路的牛角尖裡。像書中第四十一回（以下所引，係根據庚辰本《脂硯齋重評石頭記》），寫到賈母招待劉佬佬，兩宴大觀園後，帶領劉佬佬去逛妙玉住持的櫳翠庵。賈母一進庵便嚷著要喝茶，因為剛才多吃了酒菜，這對於不喜歡「侯門公府慣以貴勢壓人」的妙玉而言，已是不大受用，但是鑑於賈母是榮國府的太君，得罪不得，只得逆來順受，「親自捧了一個海棠花式雕漆填金雲龍獻壽的小茶盤，裡面放一個五彩小蓋鍾，捧與賈母」，這對於孤高自許的妙玉而言，十分委屈，誰知賈母這位富貴人家的老太太，竟然不領情，居然說出「我不喝六安茶」的話來。妙玉到底是個頗識時務、清高的女清客，連忙笑道：「知道，這是老君眉。」這一接接得天衣無縫，安知那茶鍾裡泡的不是六安茶？這還不是最要的，最要的是「老君眉」一語雙關，既道出了茶的名色，又奉承了賈母的年高德劭。賈母又問「是甚麼水？」妙玉笑回：「是舊年的蠲的雨水。」這一笑也大有文章，先按下不表。

接下來，賈母吃了半盞，便遞給了劉佬佬。劉佬佬到底是個村嫗，說出了不該說的話：

「好是好，就是淡些，再熬濃些更好了。」這句話觸怒了妙玉——本來她已被賈母絮聒得不耐煩了。於是，趁亂裡拉了寶釵、黛玉，去自己的耳房，吃體己茶去了，扔下了賈母、王夫人、鳳姐一干人不顧，是很失禮的，也只有妙玉做得出來。

到了耳房，三人品茶，這以後，妙玉的表現，全是自尊心受到斲傷後的氣話，但最先寫的一筆，是妙玉不要劉佬佬喝過的那隻成窯五彩小蓋鍾——安知她不是也在借題發揮，發賈母的脾氣？接著黛玉不防頭，問這水可是舊年的雨水？引得妙玉一陣冷笑，先說黛玉是個大俗人，又說「隔年蠲的雨水，那有這樣輕浮，如何吃得？」看在一語不發的寶釵眼裡，一定覺得納悶：她剛才捧與賈母的那鍾「老君眉」，不就是舊年的雨水泡的嗎？而且她回答賈母時，是笑著說的，這一笑揭了她的底，原來她是那樣鄙夷著賈母；而對於自己，她又是這樣的「善養千金之體」？

一般人閱讀「賈寶玉品茶櫳翠庵」（在《重評石頭記》裡，此章取名為「櫳翠庵茶品梅花雪」）時，得出一個妙玉是假正經的印象：因為她把自己用過的綠玉斗拿給寶玉喝；把劉佬佬喝過的成窯鍾，吩咐道婆「拿到外面去！」很少有人會覺察到，那天妙玉行為乖張，是其來有自的，如果沒有賈母劉佬佬說出那些掃興的話，妙玉的言行（譬如說，大言不慚地誇說自己收藏的茶具，賈府未必拿得出來），也許不至於那麼偏執古怪！

《紅樓夢》的「寫實主義」，是一種生活的質地，那質地張愛玲會說，「是灰樸樸的」；但明眼人一眼便看得出來，世上並沒有「品茶櫳翠庵」這件事發生。但在曹雪芹的精心安排下，我們寧可相信這件事是在大觀園裡發生過的。通過了「品茶櫳翠庵」，我們清楚了解了妙玉的個性與為人，像我們多年認識的一個朋友。

賈母「我不喝六安茶」那句話，用在「品茶櫳翠庵」裡，絕非「閒筆」——事實上，《紅樓夢》許多看似「閒筆」的筆墨，並非「閒筆」。精彩的《紅樓夢》，無一句是閒筆；它的「閒筆」，是用來幫助鉤勒角色面貌的素描底線，咀嚼起來，「嘴裡像含著一個千斤重的橄欖似的」——這句話是書中人物香菱說的，借來形容《紅樓夢》「文本」意指，想必也是通的。

二、探春

探春是賈寶玉同父異母的妹妹，她的母親趙姨娘，是父親賈政的侍妾，一個陰微下賤、愚昧昏憒的婦人，所以探春跟她的兄弟賈環一樣，是庶出。這樣的小姐，在舊時的大戶人家，處境危險又尷尬。探春是非常要強的女子，根據曹雪芹在前四十回中作出的預告——一次是抽籤，一次是放風箏——將來一定遠嫁，所謂「杳元和番」，有著王昭君那樣的悲劇命運。

因為庶出，探春在賈府的權力傾軋中，備嘗艱辛，她非得經常與昏憒的母親、愚頑的弟弟劃清界限，事實上，她常常被這兩人的混帳行徑，拖進渾水裡動彈不得。《金瓶梅》裡的孟玉樓，被一位金學專家稱做「自了漢」❶。她雖然跟潘金蓮相處甚佳，是所謂「手帕交」；可是逢到金蓮與大婦吳月娘發生口角時，她往往嚴守中立立場，並沒有出來迴護金蓮。探春有三分像孟玉樓，也想當「自了漢」，可她遇到更多的困擾，挑戰也更大，因為「母子連心」，有許多紛爭探春是避不開的。

探春感到的威脅，是從四面八方來的，簡直可以說是虎視眈眈。

像在第五十五回「辱親女愚妾爭閑氣」裡，鳳姐小產，王夫人「外務」太多，榮國府掌事的大權，便交到探春手裡。雖說有大嫂李紈、表姐寶釵一同照料，眾人的目光，似乎一直麕集在這個弱小的庶出的小姐身上——一方面也可能是氣她資格不合。

湊巧，探春的「舅舅」趙國基死了——在宗法制度上，探春另有一個舅舅，那便是王夫人的兄弟王子騰。換言之，趙國基雖然是探春血統上的舅舅，在制度上，這個名分從未成立，也不被承認。所以，探春掛印、升堂議事的頭一天，便立刻遭遇到如何打賞親舅舅「賻儀」的棘手問題。

這一場的戲，場面非常火爆，使人想起「惑奸讒抄揀大觀園」那一回（七十四回），探

❶孫述宇：《金瓶梅的藝術》。時報出版社，臺北，民國六十七年版。

春同樣因為身分是「庶出」，受到資深女僕的侮辱，憤而掌摑對方那一場精彩的戲。

事實上，中國一直奉行一夫多妻（妾）制，正庶出的問題，自皇帝以降，也成為中國人數千年來的一個難解的心結，因為事關權力運作，茲事體大，難怪探春多次成為書中故事的引爆點——這一點，使人不免想起當代文批專家傅柯（Michel Foucault）念茲在茲、歸根結底的一句口頭禪：「Power!Power! 權力！權力！」❷

話說探春與親母趙姨娘之間的這場戰火，是由一個管家媳婦「吳新登家的」挑起的。原來賈家奴才的親戚，死後的賞賜，均有定律：若是外買的，像是襲人，便慷慨些；若是家生奴才，便減半，看來趙姨娘是家生奴才。從賈府對家生奴才的苛刻待遇，得知清代的奴隸制度，也有等級。而從未辦過事的李紈、探春，自然不知其中原委，一方面吳新登家的，礙著探春是死者的親外甥女，故意不言語，可是心內洞若觀火，是想「考」倒這位年輕的靦腆小姐，好出去「編出許多笑話來取笑」——取笑探春偏袒自己的親舅舅，徇私，從此，「庶出」（低人一等）的身分被鎖定，底下人便會一里一里欺到頭上來，「二木頭」迎春便是一個活生生的例子。曹雪芹在回目上也將「原委」點明了：「欺幼主刁奴蓄險心。」

---

❷ Michel Foucault: *Power/Knowledge* (N.Y., The Harvester Press, 1980) Selected Interviews & Other Writings

結果是探春明察秋毫，在李紈已作出四十兩的決定後，把吳新登家的重新叫了回來，細問「家生的」、「外頭的」差別待遇；這一回，便問出了「破綻」，於是探春便在舊例中，選出最低的一項——二十兩，「賞賜」給自己的親舅舅。這樣，便引爆出母（趙姨娘）、女（探春）之間一場激烈的口角。

在整個事件中，平心而論，讀者會覺得探春雖然秉公處理，可忍不住責怪，怪探春冷酷得近乎「殘忍」。在這裡，曹雪芹自有他的「山人妙計」：他故意先「誇張」探春的「殘忍」，來引發讀者的好奇心——這的確是一記奇招，三〇年代著名作家吳組緗從這裡得到靈感，在他的中篇〈樊家鋪〉裡，也故意先「誇張」描寫線子對親媽的冷淡，冷淡得近乎絕情，來挑起讀者「往下追」的閱讀興趣❸。像在下一節要討論的紫鵑章節裡，曹雪芹也用了同一手法。

曹雪芹在創作《紅樓夢》時，常常考慮到讀者的反應，時時以讀者為先，也難怪死後，《紅樓夢》這樣暢銷。

閒話表過。話說母女口角中，趙姨娘的話，也不是完全沒有理，她說：「誰叫你拉扯（幫助）人去了？你不當家，我也不來問你。你如今說一是一，說二是二。如今你舅舅死了，你多給了二三十兩銀子，難道太太（指王夫人）就不依你。分明太太是好太太，都是你們尖酸

---

❸《吳組緗選集》：香港文學研究出版社，香港，一九七八年版，頁三三一——七一。

刻薄，可惜太太有恩無處使……」

這一番話，把探春逼哭了，也把探春多年的「心結」逼了出來：「誰是我舅舅？我舅舅年下才升了九省檢點，那裡又跑出一個舅舅來？我素習按理尊敬，越發敬出這些親戚來了？……何苦來，誰不知道我是姨娘養的，必要過兩三個月尋出由頭來，徹底來翻騰一陣，生怕人不知道，故意的表白表白……」

正在吵得不可開交時，鳳姐的心腹丫頭平兒來了，平兒道：「奶奶（指鳳姐）說，趙姨奶奶的兄弟沒了……若照常例，只得二十兩，如今請姑娘裁奪，再添些也使得⋯⋯」

連鳳姐彷彿也跟吳新登家的串通著，等著探春跳進她們安排的陷阱裡去。

平兒這樣一說，我們不免要想：要是探春當時沒有決斷，到這時只有羞得無地自容，所以我剛才說過，探春的庶出處境，常令她感到虎視眈眈，四面受敵。

這一番話，引出了全回中畫龍點睛的一雙警語，乍聽令人丈二金剛摸不著頭腦——這話是探春說的：

「又好好的添甚麼？誰又是二十四個月養下來的？不然，也是那出兵放馬、背著主子逃出命來過的人不成？」

這話乍聽之下匪解。「誰又是二十四個月養下來的？」探春當然不是信口雌黃，二十四個月養下來的是元春，因為她的生日是正月初一，生下來便兩歲多了，可算是「二十四個月養下來的。」第二個人指焦大，在書中第七回「寶玉會秦鍾」我們便知道他的故事了。元妃焦大是賈府中主奴輩之最尊，恁憑是誰，無論主奴，都仰攀不上的。從探春口中道來，足見鴻鵠之志，非燕雀之輩能望其項背了。

探春隨口迸出來的一句話，看似氣話（閒筆），頃刻之間，「咳成珠玉」矣。

換言之，第五十五回的整回，寫的都是探春這個天才政治家如何發揮她敏銳的政治長才，擒賊擒王（鳳姐）——這一點被鳳姐看出來了；大義滅親（趙姨娘、環哥——因為後來，後者的書房月錢也被她蠲免了。）

曹雪芹寫到最後，讓鳳姐總括一句：「好好好！（連下三個好字，表示鳳姐的由衷喝采！）我說她不錯，可惜她命薄，沒托生在太太肚裡。」

一語道出了探春為庶出問題「抱恨終天」的心結（鳳姐真是水晶心肝玻璃人兒）！而我們讀者看到這裡，也鬆了一口氣，並且產生了一種方才錯怪了三姑娘「薄情寡義」的歉咎感。

可憐的三姑娘，人家也是懸岩上，背水一戰，也是「退此一步，即無生路」啊！

不但此也，曹雪芹又用一種意在言外的象徵筆法，讓我們看到一幅眾人向探春俯首稱臣的圖畫：

此時探春因盤膝坐在矮板榻上，那捧盆的丫環走至跟前，便雙膝跪下，高捧沐盆，那兩個小丫環也都在旁屈膝捧著巾帕並靶鏡脂粉之飾。

曹雪芹用宮廷禮儀來描寫探春，已將她擡舉到大姐元春一樣崇高的地位了。在「臣服」了眾人以後，曹雪芹再添上一筆，寫探春極有分寸，當她的丫頭要出去支使管家媳婦，請寶釵來用飯，立刻制止了她，高聲說道：「你別混支使人，那都是辦大事的管家娘子們，你們支使她們要飯要茶的，連個高低都不知道。」

三姑娘不要她的「心腹」趁勝追擊，「窮寇不追」，換言之，她不要她的「手下」狐假虎威，亂作威福！

一方面壓服了別人，一方面給她面子承認她的地位，這真是恩威並濟！好個三姑娘，真會收伏人心。從此以後，不但大觀園的執事媳婦敬服她，我們讀者也敬服她。推究到最後，我們敬服的，還是「文本」背後曹雪芹的一枝生花妙筆。真是與他筆下的探春一模一樣，做到「勿縱勿枉」的地步。

三、紫鵑

紫鵑是黛玉的丫頭，是又副冊裡的人物，在一般讀者的心目中，紫鵑是黛玉的守護神，對黛玉的呵護、忠誠、大觀園裡無人堪與匹配。然而在第五十七回「慧紫鵑情辭試莽玉」一回，曹雪芹寫她正在迴廊上做針黹，寶玉關心她衣衫單薄，「便伸手向她身上摸了一摸」，被她正言厲色訓了一頓。紫鵑這一異常的行為，只有愛賭氣愛嬌嗔的晴雯才會做；在紫鵑姑娘身上卻是首見，於是勾引起讀者好奇，禁不住要翻閱下去。

接著曹雪芹筆鋒一轉，寫雪雁（黛玉另一丫頭）從王夫人處取得人參回來，順便提起趙姨娘給她兄弟送殯，侍候她的小丫頭沒衣裳穿，要問雪雁借，為她婉拒；然後又談起寶玉「不知誰給了他氣受」，此刻正坐在桃樹底下垂淚發獃。紫鵑因為聽說趙姨娘已經出去替她兄弟守靈伴宿，「放心」了，一面心懸著寶玉，慌忙跑出去，坐到寶玉旁邊，向他解釋。原來是前幾日，有一次黛玉寶玉正在講話，「趙姨娘一頭走了進來」，紫鵑為了防閑，怕「那些混帳行子（指趙）背地裡說」，這才誠心正意，打從自己「修身先做起」，並且警告寶玉：「從此咱們只可說話，別動手動腳。」原來紫鵑語近乎不情的「異常」行為，都是為了保護黛玉而起，其赤膽忠忱，堪與《三國演義》裡，在長坂坡前從垂死的糜夫人懷裡救出阿斗的趙子龍相媲美了。

「啞謎」打破以後，癡心的讀者，為了尋根究底，已經「白」賠功夫，看了兩三頁，曹雪芹這才撇開「閒筆」，引出正文，讓紫鵑說出更令寶玉吃驚的消息，那便是「林妹妹要家

（回蘇州）去了。在這裡吃慣了（燕窩），明年家去，哪裡有這些閒錢吃這個？」

《紅樓夢》的「知己」脂硯齋在第二十七回回末總評，對曹雪芹的寫作技巧，推崇備至，並且一時興起，代為歸納成「石頭記用截法、岔法、突至法、伏線法、由近漸遠法、將繁改儉（簡）法、重作輕抹法、虛敲實應法，種種諸法總在人意料之外，且不見一絲牽強，所謂信手拈來無不是也。」❹

又在另一回裡，說明作者用的是「金針暗度法」。

本文中所討論之方法，不知該算是哪一法？算來算去，都不十分貼切。手中的庚辰本，這一回（五十七回）乾淨得很，無一「赤」字可尋。我想勉強說，這應該算是「桃花過渡法」。這一種方法，用戲劇化的方法，更烘托出角色的個性，讓讀者在潛移默化中，更深一層地認知了角色的個性。是否脂硯在別的地方已經討論過，需要更進一步查證。不過，我願冒天下大不韙，在這裡斗膽提陳出來，用供紅學家參考、指正，或一笑。

---

❹見庚辰本《重評石頭記》第二十七回，六一五頁眉批。

三民叢刊書目

①邁向已開發國家　孫　震著
②經濟發展啟示錄　于宗先著
③中國文學講話　王更生著
④紅樓夢新解　潘重規著
⑤紅樓夢新辨　潘重規著
⑥自由與權威　周陽山著
⑦勇往直前
　・傳播經營札記　石永貴著
⑧細微的一炷香　劉紹銘著
⑨文與情　琦　君著
⑩在我們的時代　周志文著
⑪中央社的故事（上）
　・民國二十一年至六十一年　周培敬著
⑫中央社的故事（下）
　・民國二十一年至六十一年　周培敬著
⑬梭羅與中國　陳長房著
⑭時代邊緣之聲　龔鵬程著

---

⑮紅學六十年　潘重規著
⑯解咒與立法　勞思光著
⑰對不起，借過一下　水　晶著
⑱解體分裂的年代　楊　渡著
⑲德國在那裏？（政治、經濟）
　・聯邦德國四十年　郭恆鈺　許琳菲等著
⑳德國在那裏？（文化、統一）
　・聯邦德國四十年　郭恆鈺　許琳菲等著
㉑浮生九四
　・雪林回憶錄　蘇雪林著
㉒海天集　莊信正著
㉓日本式心靈
　・文化與社會散論　李永熾著
㉔臺灣文學風貌　李瑞騰著
㉕干儛集　黃翰荻著

㉖作家與作品　謝冰瑩著
㉗冰瑩書信　謝冰瑩著
㉘冰瑩遊記　謝冰瑩著
㉙冰瑩憶往　謝冰瑩著
㉚冰瑩懷舊　謝冰瑩著
㉛與世界文壇對話　鄭樹森著
㉜捉狂下的興嘆　南方朔著
㉝猶記風吹水上鱗
・錢穆與現代中國學術　余英時著
㉞形象與言語
・西方現代藝術評論文集　李明明著
㉟紅學論集　潘重規著
㊱憂鬱與狂熱　孫瑋芒著
㊲黃昏過客　沙　究著
㊳帶詩蹺課去　徐望雲著
㊴走出銅像國　龔鵬程著
㊵伴我半世紀的那把琴　鄧昌國著
㊶深層思考與思考深層　劉必榮著
・轉型期國際政治的觀察
㊷瞬　間　周志文著

㊸兩岸迷宮遊戲　楊　渡著
㊹德國問題與歐洲秩序　彭滂沱著
㊺文學關懷　李瑞騰著
㊻未能忘情　劉紹銘著
㊼發展路上艱難多　孫　震著
㊽胡適叢論　周質平著
㊾水與水神　王孝廉著
・中國的民俗與人文
㊿由英雄的人到人的泯滅　金恆杰著
・法國當代文學論集
51重商主義的窘境　賴建誠著
52中國文化與現代變遷　余英時著
53橡溪雜拾　思　果著
54統一後的德國　郭恆鈺主編
55愛廬談文學　黃永武著
56南十字星座　呂大明著
57重疊的足跡　韓　秀著
58書鄉長短調　黃碧端著
59愛情・仇恨・政治　朱立民著
・漢姆雷特專論及其他

⑨③ 陳冲前傳

嚴歌苓 著

在好萊塢市場，多少人一夜成名直步青雲，又有多少人一朝雲中跌落從此絕跡銀海。身為一個中國人，陳冲是經過多少的奮鬥與波折，身為一個聰慧多感的女子，她又是經過多少的心路激盪，才能處於這洶湧波滔中。本書將為您娓娓道出陳冲的故事。

⑨④ 面壁笑人類

祖慰 著

本書是有「怪味小說派」之稱的大陸作家祖慰，在巴黎面壁五年悟得的佳構。他的散文神遊八荒，情貫萬里，將理性的思惟和非理性的激情雜揉一起。讀其作品既能吸收大量的科普知識，又可汲取其飄逸文風的美感享受。

⑨⑤ 不老的詩心

夏鐵肩 著

夏先生一生從事文化工作，大半心力都用在鼓勵培植有潛能的青年人，助他們走上文學貢獻之路。而他本身亦創作出不少的長短佳文。本書收錄計有：詩詞小品、散文、方塊評論等。作者一顆不老的詩心，洋溢在篇篇佳構中。

⑨⑥ 雲霧之國

合山 究 著

使中國風土之特殊性獨具一格的，與其說是天地的廣大，不如說是因塵埃、雲煙等而為之朦朦朧朧的自然空間吧！精氣、神仙、老莊、龍、山水畫、奇書等，其產生是有如何玄妙的根源啊！就以「雲霧」為起點，讓我們一起走進這美麗幻夢般的世界。

⑰北京城不是一天造成的

喜樂　著

打從距今七百五十多年前開始，北京城走進歷史的繁華紛亂。現在，且輕輕走進史冊中尋常百姓的那頁，一盞清茶、幾盤小點，看純中國的插畫、尋純中國的足跡。由博學多聞的喜樂先生做嚮導，就讓你我在古意盎然中，細聆歲月的故事。

⑱兩城憶往

楊孔鑫　著

霧裡的倫敦、浪漫的巴黎，除此之外，這兩城你可還留有其他印象。本書是作者派駐歐洲新聞工作二十多年的記錄。透過作者敏銳的筆觸，且讓讀者徜徉在花都、霧城的政經社會、文化藝術、風土人情以及歷史背景中。

⑲詩情與俠骨

莊因　著

一顆明慧的善心與真摯的情感，經過俠骨詩情的鑄煉，將生活上的人情世事，轉化為最優美動人的文句，呈現出自然明朗灑脫的風格。文學對於作者而言，不僅是興趣，更是他的生命，但他不泥古而創新，在其文章中俯首可拾古典與現代的完美融合。

⑳文化脈動

張錯　著

「我是一個文化悲觀者，因為我個人一直堅持某種希臘式的古典禮範，而這種文學或文化古典禮範，已日漸有如夫子當年春秋戰國的禮崩樂壞。」作者就是以這顆悲憫的心，用詩人敏銳的筆觸，深刻而熱切的批判著臺灣的文化怪象。

⑩桑樹下

繆天華　著

本書是作者在斗室外桑樹蔭的綠窗下寫就的小品散文。作者試圖在記憶的深處，尋回那些感人甚深的、發人深省的，或者趣味濃郁的人文逸事，不惟激勵讀者高遠的志趣，亦能遠離消沈、絕望的深淵。

⑩牛頓來訪

石家興　著

本書為作者三十多年來從事科學工作的心情寫照，包括思想、報導、論述、親情、遊記等等。文中處處流露出作者對科學的執著與熱愛，及超越科學之外的人文情懷，篇篇清新雋永，理中含情，情中有理，為科學與文學的結合，作了一番完美的見證。

⑩深情回眸

鮑曉暉　著

作者生長在一個顛沛流離的時代，雖然歷經千辛萬苦，但行文於字裏行間，卻不見怨天尤人；有的只是對以往和艱苦環境奮鬥的懷念及對現今生活的珍惜，以及世間人事物的觀照及關懷。做為一本懷舊之作，或是清新的生活小品，本書皆為上乘之作。

⑩新詩補給站

渡也　著

你寫過新詩嗎？你知道如何寫一首具有詩味的新詩？本書是由甫獲得「創世紀四十周年創作獎」的詩人兼詩評論家渡也先生，深入而精闢的剖析一首新詩的形成過程，指導初學者從如何造簡單句到如何寫出一首詩，是一本值得新詩愛好者注意的書。

(105) 鳳凰遊

李元洛 著

一生從事古典與現代詩論研究的大陸學者李元洛先生，如何在放下嚴肅的評論之筆，轉而用詩人細膩的筆觸，摹寫山水大地的記行，以及人生轉蓬的寄悵，書中句句是箴語、處處有真情，值得您細品。

(106) 文學人語

高大鵬 著

忙碌的社會分散了人們的注意力、淡化了人們對身旁人事物的感情，任由冷漠充填在你我四周……而本書的作者以感性的筆觸，表達了自己對身旁人事物的真心關懷，以平實的文字與讀者分享所遇所感，無疑是給每個冷漠的心靈甘霖般的滋潤。

(107) 養狗政治學

鄭赤琰 著

身處地理、政治環境特殊的香港，作者藉由動物的百態來反諷社會上種種光怪陸離的政治現象，在其輕鬆幽默的筆調背後，同時亦蘊含了嚴肅的意義。這一則則的政治寓言，讀之不僅令人莞爾一笑，更具有發人深省的作用，批判中帶有著深切的期盼。

(108) 烟塵

姜穆 著

作者是一位出生於貴州的苗族人，卻意外的捲入戰爭。在臺娶妻生子後，所抒發對戰亂、種族及親人的真誠關懷。內容深沈、筆觸清新，充分顯露在生活的烈焰煎熬下，早已視一切如浮雲，淡泊名利，將其一生的激越昂揚盡付千里烟塵中。

⑩⑨ 河　宴

鍾怡雯　著

人間繁華的請柬處處，不如赴一場難得的野宴。聽一回水的演奏、看一場山的表演，再來細細品味鍾怡雯為您端出來的山野豐盛清淡的饗宴——極盡可口的綠、十分道地的藍，以及不加調味料的白。

⑪⓪ 滬上春秋

章念馳　著

章太炎，這位中國近代史上的思想家、政治家，曾因領導戊戌變法失敗而流亡海外。他雖是浙江餘姚人，卻有大半輩子的歲月是在上海度過。本書是由章太炎的嫡孫章念馳先生，從家族的口述和史料中，完整的敘述章太炎的這段滬上春秋。

⑪⑪ 愛廬談心事

黃永武　著

每個人心中都有一枝彩筆，然而在趕遠路、忙上班的歲月裏，枕頭上的日升月降中，像拋來擲去的跳丸，彩筆就這樣褪去了顏色……本書作者在辭去沉重的教職和繁雜的行政工作後，重拾心中的彩筆，為您宣說一篇篇的文學心事。

⑪⑫ 吹不散的人影

高大鵬　著

時代替換的快速，不知替換了多少人生舞臺上出現剎那的面孔；而人類，偏又是最健忘的族群。本書中所收錄的文章，均是作者用客觀的筆，為曾替人類社會或文化默默辛勤耕耘的「園丁」們，做最真實的文字記錄。

⑬ 草鞋權貴

嚴歌苓 著

曾經叱吒風雲的老將軍，是程家大院的最高權威，九個承繼他刁鑽聰明的兒女，則個個心懷鬼胎……一個來自鄉下的伶俐女孩，被命運的安排，走入這權貴世家。威權的代溝、情份的激盪、所有內心的驕傲與傷痛，這會是怎樣的衝突，怎樣的一生？

⑭ 是我們改變了世界

張放 著

從事文學藝術的工作者是「人類靈魂的工程師」。如果作家不能提高廣大讀者的精神生活品質，而僅為娛樂人心、滿足人們的好奇和刺激，那麼與馬戲團的小丑或兜售春藥的小販何異？故而作者不禁要問：是我們改變了世界，還是世界改變了我和你？

⑮ 夢裡有隻小小船

夏小舟 著

日本人參加婚禮愛穿黑色、日本料理味輕單調、日本人性格分ABCD、還有情書居然可以賣……於日本教書的大陸作家夏小舟，在本書除了告訴你作者旅日的見聞趣事外，也且隨她乘坐那夢裡的小小船，航行向那魂縈夢遷的故國灣港中。

⑯ 狂歡與破碎

林幸謙 著

你可曾聽過溯河魚的傳統？憑著當初離開河源的記憶，激勵著牠們回到了河川盡頭的故鄉。寧願冒著生命的危險，也不願成為溫暖海洋中的異鄉客。

本書作者由溯河魚的傳統，引入海外華人的悲調，一種狂歡與失落、破碎而複雜的心靈面貌。

⑪⑰ 哲學思考漫步

劉述先 著

同樣的環遊世界旅行，企業家看到的是廣大的市場和商機；觀光客沈迷的是風景名勝和購物；文人墨客則歌詠人類史蹟與造物的奧祕。而哲學家呢？本書作者以其敏銳的邏輯思考，在具體的形象世界中悠遊漫步。期待您經由本書而拓寬自己的視野。

⑪⑱ 說　涼

水　晶 著

地鼠營巢於地下，專喜啃噬花草植物的根莖。而玫瑰是酷愛陽光的美人，有潔癖，不能忍受穢物……。本書作者從事寫作近四十年來，筆墨蘸盡世間人情冷暖，猶然孜孜不倦的寫作。揮灑於字裡行間的，是一種識盡愁滋味後卻道天涼好個秋的豁達心境。

⑪⑲ 紅樓鐘聲

王熙元 著

文學博士王熙元教授，多年來一直不能忘情於散文的寫作。他的散文清新而感性，談生活點滴，筆端真情流露；論人生哲理，則深入淺出，發人深省。此外剖析文學之美，或回憶個人成長、求學的心路歷程，亦多令人有所啓發，值得一讀。

⑫⑳ 寒冬聽天方夜譚

保　真 著

本書為「青副」專欄「靜夜鐘聲」的結集。作者將其對生命與同胞的熱愛、執著，用感慨深邃的筆調，表現於一篇篇的短文中，告訴我們現今的臺灣與中國，需要我們付出什麼樣的關懷。在這些簡短的文字中，希望也能燃起我們一絲對民族的熱情。

121 儒林新誌

周質平 著

本書是旅美普林斯頓大學周質平教授，將其多年在國內外的華文報章上所發表的四十多篇論述雜文結集成冊。書中呈顯出所謂海外學人的千般樣態，嘲諷中不失幽默，值得您細心體會。

122 流水無歸程

白 樺 著

大陸知名作家白樺繼《哀莫大於心未死》之後又一本長篇小說。他的書取材是當代的，是改革開放後大陸所面臨的經濟文化與人慾的衝擊。書中的人物如高幹、富商、少女、情婦、歌星等，在金錢的誘惑下，一一呈顯出深沈黑暗而扭曲的人性面。

123 偷窺天國

劉紹銘 著

善人走完了人生路途上天國，會幸福到什麼程度？天國的幸福，會不會只是塵世快樂的延續？在本書作者引領之下偷窺天國的結果，是否會發覺天國的無趣？永恆實在可怕，幸福和快樂如果遙遙無盡期，一樣會變為無聊、乏味。天國，是否就在當下。

124 倒淌河

嚴歌苓 著

屢獲各大報文學首獎的嚴歌苓，繼《陳冲前傳》、《草鞋權貴》後又一本小說新著。內容包括十個短篇及一部中篇〈倒淌河〉。全書無論在寫景、敘事或對話，都極老練辛辣，辣得幾乎教人流出淚來。

⑫⑤ 尋覓畫家步履

陳其茂 著

出國旅行，是許多人心神嚮往的事。而世界各著名的美術、博物館，更是文人雅士們流連佇足之所。與其走馬看花、對大師們的作品僅留浮光掠影，淺嘗輒止；不如隨著畫家陳其茂教授的引領，在其敏銳且情感深緻的筆觸下，一起尋覓畫家們的步履。

⑫⑥ 古典與現實之間

杜正勝 著

在古典與現實之間，一幕幕動人心弦的故事正激盪著你我的心。古典的真貌在不斷的探索中漸漸澄澈而透明。而現實的我們且懷著古典的情愫，在史學家杜正勝院士古典新詮的筆下，淺嘗歷史的滋味。

國立中央圖書館出版品預行編目資料

說涼／水晶著.--初版 --臺北市：三
民，民84
面；　公分.--(三民叢刊;118)
ISBN 957-14-2281-9 (平裝)

855　　84011167

© 說　涼

著作人　水　晶
發行人　劉振强
著作財產權人　三民書局股份有限公司
臺北市復興北路三八六號
發行所　三民書局股份有限公司
地　址／臺北市復興北路三八六號
郵　撥／〇〇〇九九九八——五號
印刷所　三民書局股份有限公司
門市部　復北店／臺北市復興北路三八六號
重南店／臺北市重慶南路一段六十一號
初　版　中華民國八十四年十一月
編　號　S 85302
基本定價　叁元肆角
行政院新聞局登記證局版臺業字第〇二〇〇號

ISBN 957-14-2281-9 (平裝)